依据国家教育部和中央电视台
联合主办的《开学第一课》活动

"我爱你，中国！"主题拓展原创版

回眸，爱的台阶

中央电视台《开学第一课》编写组 编

时代文艺出版社

图书在版编目（CIP）数据

回眸，爱的台阶 / 中央电视台《开学第一课》编写组编.—2版.
—长春：时代文艺出版社，2016.1（2023.7重印）
（开学第一课）
ISBN 978-7-5387-4936-6

Ⅰ.①回… Ⅱ.①中… Ⅲ.①中国文学—当代文学—作品综合集 Ⅳ.①I217.1

中国版本图书馆CIP数据核字（2015）第257184号

出 品 人 陈 琛
责任编辑 徐 薇
装帧设计 孙 利
排版制作 隋淑凤

回眸，爱的台阶

中央电视台《开学第一课》编写组 编

出版发行 / 时代文艺出版社
地址 / 长春市福祉大路5788号 龙腾国际大厦A座15层 邮编 / 130118
总编办 / 0431-81629751 发行部 / 0431-81629755
官方微博 / weibo.com / tlapress 天猫旗舰店 / sdwycbsgf.tmall.com
印刷 / 北京市一鑫印务有限公司
开本 / 710mm × 1000mm 1 / 16 字数 / 120千字 印张 / 12
版次 / 2016年1月第2版 印次 / 2023年7月第3次印刷 定价 / 36.00元

图书如有印装错误 请寄回印厂调换

敬启

书中某些作品因地址不详，未能与作者及时取得联系，在此深表歉意。敬请作者见到本书后，通过以下方式与我们联系，我们将按国家规定支付稿酬并赠送样书。

E-mail：azxz2011@yahoo.com.cn

《开学第一课》编委会

《开学第一课》的价值

有人问我，《开学第一课》的价值体现在什么地方？我认为最重要的就是全社会希望并通过我们传递出来的价值观。多元是时代进步的标志，我们尊重不同的声音和价值理念，但是作为教育部和中央电视台联手举办的一项公益活动，我们要传递的是主流的、与时俱进又符合中华文明传统的价值观。

在2008年，我们通过《开学第一课》传递了抗震精神和奥运精神；2009年正值新中国60周年华诞，我们在象征着民族精神的长城，为孩子们播撒下爱的种子；2010年，我们告诉孩子们，一个拥有梦想的民族，一个不断仰望星空的民族，就是拥有未来的民族，人生的每一个阶段都需要梦想的指引、坚持和探索，而每个人的梦想汇集起来就可能成为国家的梦想、民族的梦想。

举办《开学第一课》三年来，我个人也有一个梦想，我梦想这项目光远大、朝气蓬勃的公益活动能够坚持举办十年，让它给这一代孩子的成长提供正面的、积极向上的力量，这就是《开学第一课》的意义所在。

我希望全社会的力量汇集起来，给孩子们一种价值观的教育，中央电视台愿意承担使命，连同教育部把这项公益活动做好。我们也欢迎全社会各界积极参与、支持，从出版、纸媒、网络、志愿行动、慈善事业等各个方面，加入到这个追逐共同梦想、打造恒久价值的公益活动中来。

由此，我亦十分高兴地看到《开学第一课》系列丛书的出版，我相信时代文艺出版社正是基于我们共同的理想，以出版的力量为孩子们的未来创造了更丰富的阅读食粮，为《开学第一课》的精神理念提供了更多样的传递方式。

中央电视台 许文广

目录

第一部分 永远温暖的怀抱

第二部分 我与绿色有个约会

第三部分　寻找爱的眼睛

第四部分　生活彩虹舞

第五部分　我的宝贝我最懂

第六部分　成长红魔方

第七部分　丑小鸭的春天

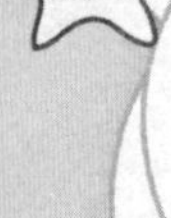

第一部分

永远温暖的怀抱

原来妈妈的爱似水，感性。她委婉的批评，是希望我不要在失败中因受挫而产生自卑。爸爸的爱如山，理性。他严厉的批评，是警醒我不要在成绩面前因骄傲而迷失自己。

爸爸和妈妈不一样的爱，却蕴含着一样的教育目的！

——蔡达文《不一样的爱》

那个寒冷的夜晚

迟百川

那是一个寒冷的傍晚，天灰蒙蒙的，刺骨的寒风吹在脸上，仿佛针扎一般，很痛。

爸爸用他的摩托车驮着我飞速地行驶在回家的路上。他紧握着车把，目不转睛地盯着前方。我穿着厚厚的防寒服，搂着爸爸的腰，可就算这样，刺骨的寒风还是从我的袖口钻入体内，冻得我连打了几个寒噤。柏油马路上冷冷清清的，来往的车辆很少，大概是司机们因为天冷不愿意出车吧。为数不多的行人们都行色匆匆，像我们一样急着赶回温暖舒适的家。

风越刮越大，我哆哆嗦嗦地对爸爸说："爸爸——你能不能快点儿骑，我实在太冷了。"爸爸大声喊道："啊？——你在说什么呢？我听不见。""快一点儿骑！"我大声喊道，声音颤抖，带着哭腔。

老天像是故意和我们作对似的，寒风随着夜幕的降临更疯狂了，光秃秃的树枝起劲儿地随风摇曳。我们吃力地向前行进。风呼啸着从耳边刮过，寒气毫不留情地袭入我们的身体。车行驶的速度越来越慢了，我都快缩成一团了。我不停地把手放到嘴边吹气，试图让手暖和一些。可还是抵挡不住寒风的侵扰，依然手脚冰冷，脸和鼻子冻得生疼。

爸爸放慢车速，关切地问我："儿子，冷吗？"我颤抖着回答："冷极了！"爸爸关闭油门，把车停放在马路边，二话不说就把自己的防寒服套在了我的身上。顿时，一股暖流涌遍全身，直达心底。摸着爸爸冰冷的手，我问他："爸爸，你不冷吗？"爸爸笑眯眯地说："我不冷，大人不怕冷，倒是你们小孩子应该多穿点儿衣服！"我明白爸爸在说谎，这鬼天气谁都会怕冷的，他是想让我暖和一些。舐犊情深，这善意的"谎言"里饱含着父亲浓浓的爱啊！

在那一刻我懂得了：父爱如山！

（指导教师：刘慧军　王晓辉）

不一样的爱

蔡达文

数学是我的强项，当然，马也有失蹄的时候。这不，这次只考了82分，确实太差了，签字这一关难过啊！

妈妈仔细地阅卷，我坐立不安地等待着“急风暴雨”，这已经成了“家庭惯例”。谁知这次本应该发火的妈妈却心平气和地对我说：“这次考得不好没关系，只要汲取教训，把不懂的题目搞懂，下次不再犯同样的错误就行了。”“真的？”我简直不敢相信自己的耳朵，连忙保证，“知道了，下次一定考一个高分将功赎罪！”可心里真闹不懂妈妈为什么这么心平气和。

说话算话，在不久的英语考试中，我得了98分！

当我高高兴兴地想给爸爸一个惊喜时，谁知爸爸却面色凝重地“审讯”开了。

“这次你们班里有几个100分？”

我不假思索地说：“只有五个。”这时，我发现爸爸的脸阴沉了许多。

“那么99分呢？”

我低着头小声地回答：“有六个。”

“那你觉得你考得怎么样呀？”

“还好吧！”我不太自信了。

顿时，爸爸像火山爆发一样，把卷子往桌上一拍：“连前十都没进，你还觉得还好？”

我不服气地争辩道：“不就只差一名嘛。”

“一名也不行！”爸爸生气极了，“现在可能是差一名，以后可能就差十名、二十名！对自己一定要严格要求，一定要做最好的自己才行！你自己好好想想吧！”

爸爸一口气数落完就走了，不再给我解释的机会。

我一个人在那里抹眼泪，心里好委屈：上次数学的确考得不好，却安然无恙地度过；这次英语本应该得到褒奖的，可是……我真不懂这是为什么？

终于有一天，我彻底明白了。

我拿到了数学的满分卷！爸爸看了点点头，并没有把喜悦表现在脸上；妈妈看了满脸灿烂，直夸我有进步。

原来妈妈的爱似水，感性。她委婉的批评，是希望我不要在失败中因受挫而产生自卑。爸爸的爱如山，理性。他严厉的批评，是警醒我不要在成绩面前因骄傲而迷失自己。

爸爸和妈妈不一样的爱，却蕴含着一样的教育目的！

（指导教师：蔡玲玲）

博士妈妈

马子凡

我的妈妈是一名大学老师。从我记事起，她就是一位典型的工作狂。每天，我从一早睁开眼睛到晚上闭上眼睛，看到的总是妈妈坐在电脑前工作的身影。

按理说妈妈应该很轻松，因为她每周只有几节课。可是，她备课批改作业的时间却很长很长。有一次，妈妈用了一个很大的袋子，装回一包很沉的东西，我还以为是什么好吃好玩的东西呢！接过来一看，原来都是考试卷子，打开后更是让我吃了一惊：大学生的考卷每一份都足有十厘米厚。这是我看到的最厚的卷子了，真不知道妈妈猴年马月才能批改完啊！妈妈除了吃饭，就是坐在书房里埋头改卷子。因为大部分都是开放式的题目，无标准答案，需要改卷老师自己琢磨把握。

到了要算分的时候了。怕妈妈一个人忙中出乱，我做完作业后就主动申请帮助她。因为这不是第一次了，所以妈妈欣然同意。我娴熟地计算着，好半天才统计完一份厚厚的卷子。渐渐地我太困了，一看时间已经是夜里十一点半了，我只得睡觉。睡眼蒙胧中，我看到妈妈桌前的那盏台灯还一直亮着……

妈妈是一位博士，在大学里她是一名优秀的教师，在家里她是我最好的导师。打我上小学起，她就为我设计学习大纲，为我辅导作业。每天，妈妈都仔细过问我作业完成的情况。无论是平时还是考试时，妈妈都不会放松对我的要求。为了让我全面发展，提高综合能力，妈妈为我报了许多校外学习班，有语文、奥数、英语等等。每到周末，妈妈不能睡懒觉，要和我一样早起，东奔西跑赶场送我上课，真不容易！早上在浦东，中午在五角场，下午在徐家汇，直到晚上才能回家。中午只能随便在外吃点什么。最难熬的是，因为我在上课，妈妈只能待在车里打发时光。虽然耗去了妈妈周末的所有时间，但妈妈从来没有怨言，从来没有放弃，也从来没有后悔过。

博士妈妈辛苦了，我爱您！

妈妈的“阴谋”

赵　越

“开饭啦，吃包子喽！”我一边洗手，一边嘀咕：今天的包子又会是什么馅的呢？

爸爸抢先拿了一个大的，使劲儿咬了一口，我凑过去一看，顿时没有了食欲，是萝卜豆腐馅的，我好失望呀！

“怎么啦？不想吃？”妈妈笑着问我，“别撅着小嘴嘛，有适合你口味的。”

“有我喜欢的馅儿？”我兴奋起来。

“那你猜一猜吧！”

“肉松？”

“不对。”

“韭菜？”

“错。”

“火腿肠？”

“小傻瓜，这才猜出来，是不是忘鸡蛋了。”

妈妈说着把“特制”的包子递给了我，我顿时馋涎欲滴，上去就是一大口。“怎么没有火腿肠啊？”我疑惑不解地望着妈妈。“你呀，就是‘心急吃不了热豆腐’，咬到这，准能吃到。”妈妈说着还倒了一点草莓酱，“蘸点酱，慢慢吃，别噎着。”

我心满意足地嚼着火腿肠，满口流香。咦，怎么才吃了一小口，火腿肠又没有了？我急了起来，妈妈仿佛看出了我的心思，“火腿肠是一段一段的，再咬几口，到这儿，还有一段。”我摇了摇头，又咬了几口，一个包子吃完了，我只吃到一小段火腿肠。

“好哇，妈妈你骗我，哼！”我眼泪满眼眶打转，“我不吃了，我……”

“赵越，过来！你知道妈妈为什么这样做吗？她想让你多吃饭，长棒身体。”一直在大口吃包子的爸爸温和地劝道。

哦，对呀，妈妈的苦口婆心我怎么就没有理解呢，我要让妈妈的“阴谋”得逞，想着拿过一个包子，冲妈妈做了个鬼脸，大口大口地吃了起来。

（指导教师：陶德智）

母亲的唠叨

汪启港

北风呼呼直叫，唉——冬天又来了！

早晨，当我还在跟周公聊天时，母亲已经开始做饭了。母亲似乎从不怕冷，那冰冷刺骨的水，我见着就打哆嗦，可她一点儿都不在乎。

“哈——”我打了个哈欠，伸了个懒腰。门咣当一声响，冷风一下子冲了进来。“好冷！”我缩了缩脖子，还想在暖暖的被窝里再待一会儿。

“七点半了，该起床了！”母亲在外面喊着。“啊——七点半了呀！”我们跟往常一样，在每天的这个时间里重复着同样的话。我匆匆起床，以超快的速度完成起床后的每一项任务。因为八点就要上课，我得赶在上课铃响起之前走进教室。

“路上小心！”母亲照旧提醒我，“上课认真！”“知道了！”我一边不耐烦地应着，一边拉过书包赶着去学校。

……

“咕噜咕噜”，肚子像是跟我作对，叫了起来。刚才，我只是匆匆扒了几口饭，没想到肚子这会儿就开始抗议了。第一节课，我一个字都没有听进去。

“启港！”老师刚走出教室，一个熟悉的声音便传来了。我一看，正是母亲，额上爬满了皱纹的母亲正站在走廊上。“启港，给你早点。”只见母亲的双手冻得通红，我接过早点，心里很不是滋味。我猛一抬头，这才发现，母亲额上的皱纹像是微风吹拂着的涟漪，那么安详，那么慈爱。

母亲看着我吃完最后一块早点，这才放心地离去。临走，她仍在叮嘱我“上课认真”。这回，“知道了”三个字我竟说不出口，我感觉舌头有千斤重。

爱心，不正是藏在母亲的唠叨里吗？

（指导教师：叶光鑫）

飞来的叶子

杨　文

窗前的梧桐树上飘下一片叶子，飞到临窗的写字台上。王玲拿起树叶，心绪黯然地说："又是一个秋天了。"

前年秋天，梧桐树叶往下飘落的时候，王玲去乡下看望爷爷。爷爷家门前也有一棵梧桐树，树上还悬着小铃铛。爷爷说，王玲出生的时候，梧桐树叶儿落得快光了，可梧桐树上的悬铃子仍牢牢地拴在树上，爷爷便叫她小铃子。

房前的晒场上满是收获的黄豆，每一颗都那么圆、那么硬。王玲跟着爷爷拣更圆、更大、更硬的黄豆。王玲最喜欢吃爷爷炒的黄豆。爷爷说，那是祖传的方子，炒出来的黄豆赛过任何一样御膳小吃。王玲不知道御膳小吃是什么，便问爷爷。爷爷说，那是皇帝爱吃的小玩意儿。"皇帝也爱吃零食吗？""可不是吗，皇帝他也是人啊。是人都爱吃零食，跟我的乖孙女小铃子一样。"这不，爷爷又这样叫唤王玲了。

一片梧桐树叶儿飞了下来，飞到爷爷的头上，像一朵花似的。王玲不让爷爷摘下，说是头上多了片花样的叶子，跟爷爷古铜色的脸很般配，这么一打扮，爷爷会更好看。

"秋天到了，树叶老了，它们都得往下落。爷爷跟这梧桐树叶儿一样，也老了。"爷爷叹了口气说。那天夜里，爷爷突然晕了过去，送到医院，已是癌症晚期。爷爷像秋天的梧桐树儿叶似的，老了，也要落下了。

梧桐树上又飞下一片叶子，飘到王玲的写字台上。王玲拾起梧桐树叶儿，流下了伤心的泪。爷爷是去了，可爷爷的心跟悬铃子似的，仍牢牢地拴在梧桐树上……

（指导教师：叶光鑫）

幸福的滋味

张 振

小时候，我最喜欢骑在爸爸的脖子上玩，那样我就可以看得很远。后来，我喜欢趴在爸爸的肩膀上玩，我觉得爸爸的肩膀不仅宽大、温暖，而且坚实。总之，让爸爸背着是一件很幸福的事。

随着年龄的增大，让爸爸背我的机会越来越少了。

一天晚上，我突然发烧了。妈妈不在家，爸爸摸着我的头，着急地说："儿子，快，我背你上医院。"我说："不，我自己能走得动。"爸爸脸一黑，然后蹲下身子，不由分说地命令道："快上来！"我趴在爸爸的背上，爸爸慢慢地站起来，我感觉爸爸没有以前那么利索了，毕竟他在慢慢变老，而他的儿子却从一个小不点儿长成一个快与他齐肩的男子汉了。

走了一会儿，爸爸停了下来，将我放下，一边喘气一边说："再过几年，我怕真的背不动你啦！"

我忙说："我不让你背了，我自己能走。"

爸爸一把拉住我，"等你的病好了，想让我背你我也不背！快，再上来！"

"爸爸，等你老了，我背你，好吗？"我把嘴贴近爸爸的耳朵，轻轻地说道。

爸爸听了，双眼盯着我，突然，他哈哈大笑起来，连声地说："好好……"我发现爸爸的眼睛在路灯的映照下，有两颗闪亮的东西涌出。

重新趴在爸爸温暖的背上，听着爸爸沉重的喘息声，我对着爸爸的耳朵悄悄地说："爸爸，等下辈子，我做爸爸，你做儿子吧，我就可以从小背你了。"

爸爸轻轻地掐了我一下："你这个坏小子！"他没有将我放下，只是抽出一只手，揉了揉眼睛。

我知道，爸爸流泪了。

那一刻，我们都体会到一种叫作幸福的滋味。

如果有来生，爸爸，我们还做父子。说好了啊，我做爸爸，你做儿子，不许悔改哦。

（指导教师：张杰）

石头、剪子、布

李芳婷

虽然这件事过去了好几年，但我一直记在心里。

我七岁时，有一天，爸爸和我都在家看电视，妈妈上班去了。

下午四点多钟，妈妈回来了，还买回了一根热狗、一个面包和一包饼干。我们三个人都想吃香喷喷的热狗。可只买了一根，给谁吃呢？我建议来石头、剪子、布，赢了的先挑。爸爸妈妈同意了。

我们开始划拳，我以为我赢定了。可出乎意料的是我和妈妈都输了——爸爸出了石头，我和妈妈出的是剪子。

“完了，爸爸肯定会选择热狗的。”我想。可爸爸选择的却是饼干。接着我又和妈妈继续石头、剪刀、布，我想这次我赢定了，结果我又输了。

“唉，热狗肯定归妈妈了。”我心想，但妈妈却拿起面包吃了起来。

我拿起热狗吃起来，心想：他们为什么不选择热狗呢？他们明明都很想吃的。

当我渐渐长大了，才慢慢明白：一根小小的热狗，却承载着爸爸妈妈对我的无限爱意。

（指导教师：李彬）

外婆为我做棉鞋

赵亚聪

我的外婆是世界上最好的外婆，但是我却再也见不到她了。

冬天，我穿着以前的旧棉鞋，由于鞋太小裹着脚，感觉很不舒服，于是，我就天天缠着妈妈要她给我做新鞋，可妈妈却说："我还要为你做棉袄呢，没有时间做棉鞋。"

我生气极了，觉得妈妈是世界上最坏的人了。外婆来了，看我哭得伤心的样子，心疼地问："怎么啦？怎么哭起来了？"我的眼泪仍在哗哗地往外流。外婆一把搂过我说："来，孩子，告诉外婆，谁惹你不高兴了？""外婆，妈妈不给我做新鞋，我的脚都快冻僵了。"我哭着说道。

还没等我把话说完，妈妈就抢过话说："不是我不给她做，我现在急着给她做棉袄呢，没时间做棉鞋。"外婆听完笑了笑说："傻孩子，不哭了，妈妈没时间做，外婆给你做，走，咱先买布料去。"

外婆拉着我去买了一些布料，最后还买了一大块海绵。我高兴极了。

回家以后，外婆找针、找线、找鞋样儿，几乎都快忙不过来了。那时的我还小，不懂得帮外婆找东西，只会在床上蹦呀跳呀，跳完了就笑，笑得可高兴了。我觉得有外婆的感觉真好，外婆见我那么高兴，也露出了甜甜的微笑。

外婆开始做鞋子了，我趴在一边看，过去了好长时间，外婆还没做好。我着急地问："外婆，你做鞋怎么这么慢呀？多长时间才能做好呢？我都等不及了。"外婆笑着说："傻孩子，哪会那么快，你就耐心等一会儿吧。"

过了一会儿，我就打瞌睡了，外婆让我去睡，睡梦中我梦见我在学校里穿着外婆做的鞋和小朋友一起比呢，他们谁的鞋也没有我的好看。我高兴极了。一觉醒来，外婆还在为我做鞋。"还是外婆待我好。"我这样想道。

早上，我起床的时候，看见床头放着一双新棉鞋，不用说，肯定是外婆熬夜为我做好的。我赶紧穿上试试，不大不小正合适，我的眼泪禁不住流了下来。我发誓以后一定要待外婆好。可我没想到的是，在我九岁的时候，外婆去世了，我哭着要外婆，可外婆再也听不到我的声音了……

外婆虽然离我而去了，但那深深的爱一直印在我的心田，激励我努力向前。

（指导教师：王伦芝）

我有一位“家庭导师”

江奇琪

说起导师，你可能会说：“不就是一个导师嘛，有什么了不起的，我的导师多了去了。”唉，兄台，这话你就说错了，我的导师可不是一般的导师，他可是我的“家庭导师”呢！是独一无二的“珍稀动物”。

嗯，先介绍一下这位“珍稀动物”吧！姓名：不告诉你；“芳龄”：三十多岁；“海拔”：一米七；身材：胖胖的；性格：变化莫测。聪明的同学可能已经猜到了，他就是那与我水火不容的死对头——老爸。

为什么说他与我水火不容呢？你莫急，请听我娓娓道来。

举个例子吧：“口水仗”是我最讨厌的一种了。一次，我们考试，我考得特别差。特别是数学，我只考了82分，而老爸对我的最低要求是90分，低于90分就要黄牌警告。就这些还不算什么，更离谱的是我一回家，老爸就来了：“考试考得怎么样？试卷难吗？累不累呀？……”唉，老爸这喋喋不休的毛病又犯了，真讨厌。我也不明白，老爸的口水为什么这么多呢？为了避免老爸啰唆个“几天几夜”，我只好如实报告分数喽！老爸一听，脸色顿时阴了下来，没说什么，只是默默地站在窗前，呆呆地看着天空。我想：老爸一定很失望吧！

晚上，我正在改试卷上的错误，老爸悄悄地来到我身边坐了下来。铅笔改错的声音沙沙地响，显得很安静。突然，爸爸对我说：“先别写了，我跟你说个事。”此刻，老爸的表情很平静，好像并没有因为我考砸了而生气。我知道，老爸又要讲“大道理”了，真不明白，老爸怎么不是一个哲学家啊！咿咿呀呀的。但是，我也有撒手锏啊！嘿嘿，我往床上一趴，头侧向另一边，约我的周公去喽！老爸见状，只好摇摇头，叹叹气，丢下一句“真拿你没办法”走人。

怎么样，老爸真差劲儿，一下子就被我解决了。不过，我说过，老爸的性格是变化莫测的，就像六月的天、娃娃的脸，说变就变。

一个风和日丽的下午，我和奶奶在街上玩，忽然，我发现草丛里有一个黑色物体，走近一看，竟然是一个皮夹。呀！里面还有钱和身份证。我乐坏了，立刻对奶奶说了这件事，奶奶也笑得合不拢嘴。我们祖孙俩笑着回到了家。

一进门，我就告诉了爸爸这个“喜讯”。我原以为他会很高兴，可令我万万想不到的是：老爸让我和他去派出所。去派出所干吗？难不成要我把钱包还给别人？我什么都没说，但却在心里埋下了一个大大的问号。

果不其然，老爸把皮夹交给派出所。过了几天就有人来认领，虽然那人只说了几句感谢的话，但老爸仍很高兴，而我，却空欢喜一场喽！回家后，爸爸对我说：“我也不想多说什么，你自己想想看。”那天晚上，我失眠了，但我终于明白了爸爸的意思，不禁热泪盈眶。

啊！爸爸，你是我最好的导师，你是独一无二的导师，您教我的，不仅是知识，更是做人的道理，让我终生难忘。

（指导教师：郑玉山）

爱在指间

马少明

记得有首歌叫：《天下的妈妈都是一样的》。是啊，所有的妈妈都特别爱自己的孩子。每个孩子都对妈妈的爱有一种独特的感受。我呢，就把妈妈的爱比做了一把常带在身边的“指甲刀”。

打我记事起，妈妈就常常给我剪指甲。妈妈把我抱在怀里，她的左手握着我的手，而右手捏着指甲刀，目不转睛地盯着我的手指，一丝不敢大意。嘣嘣、嘣嘣，有许多细菌都被妈妈手里的指甲刀剪去了，可是令我百思不得其解的是，妈妈剪指甲总是剪不到根儿。我以为妈妈在偷懒，可又想，妈妈可能是累了吧，或者妈妈的眼神儿不太好等等。有些想法我渐渐地忘了。

光阴似箭，日月如梭。我一点点长大了，便开始自己剪指甲。我总是把指甲剪得光秃秃的，可是一次玩耍中，指尖从一块砖头上擦了过去，顿时，我感到一阵火辣辣的痛，鲜血一下子流了出来。这时，我才知道妈妈剪指甲不剪到根的原因了。我为当初的想法感到愧疚。后来，我每次都按妈妈的方法去剪，这种事情再也没有发生过。

一天，妈妈生病了，躺在床上。我看见妈妈的指甲长长了，便想，我为什么不能为自己的妈妈剪一剪指甲呢？于是，我便拿来指甲刀，学着妈妈为我剪指甲的样子为她剪指甲，我把妈妈的手握住，妈妈的手很柔、很瘦，摸着让人有一种温暖的感觉。

妈妈的指甲又软又滑，指甲刀总是从指甲上滑下来。原来给别人剪指甲时非常难把握分寸。剪完后，妈妈和蔼可亲的脸上露出了幸福的笑容。

父母的爱不需要用语言来表达。只要我们用心去体会，你就会感觉到他们的爱无处不在。

（指导教师：俞倩）

奶奶病了

李明昊

有一天，奶奶病了！

这真是一个不幸的消息！家里的人都沉浸在一片焦躁和悲痛中。在这个炎热的天气里，我的心里感觉好冷！家里维持了几秒安静，马上又沸腾起来。大家凑在一起商量对策，为了奶奶不受打搅，大家便到大伯家商量对策……

最后决定，每人出一份钱、一份力，让奶奶尽早康复。伯伯们将奶奶送进医院治疗；大妈们给奶奶精心挑选中药；姑姑们给奶奶精心挑选西药；爸妈则教奶奶练气功，想通过锻炼使奶奶康复。我们几个孩子也抢着尽孝，总之，全家上下处于有序的准备工作之中。

奶奶极力配合，病情渐渐好转了，于是大家放松了警惕，可结果病情急剧恶化！就这样，奶奶的病情形同股票，涨涨跌跌，这也牵动着大家的心情跟着起起伏伏。

病总是治不好，奶奶不免有些心灰意冷，再也不配合了，病情也日益严重。我们很着急：现在治还来得及，要不就无法康复了！

我们开始了一场攻心战，第一计：欲擒故纵。我们大家请奶奶吃饭，大家做了奶奶最喜欢的饭菜，奶奶十分高兴，于是大家就趁奶奶高兴的时候请奶奶配合治疗。奶奶一听这话，立刻放下筷子不吃了，这一次就失败了。第二计：激将法。同样大家还是请奶奶吃饭，大伯问奶奶：“您真的不治了吗？”奶奶说：“我不治了。”大伯就说：“既然如此，那就别治了，活那么大岁数死了也不亏。就自生自灭，饭您也别吃了。”奶奶听了很生气，就说：“好你个不孝子！你让我死，我偏不死，我要好好活着！好好教训你这个不孝子！现在赶紧送我到医院治病！”大家相视会心一笑，心中暗喜：成功了！

这以后，奶奶开始好好吃饭了，遵照儿女们的规定，按时吃药，按时治疗，按时进行透析。奶奶的病情好了很多，大家心中的那颗石头终于可以先放一放了，照这样的速度奶奶的病很快就可以痊愈了。

到了腊月二十四这天，奶奶各项检查指标转好，正巧这天又是爷爷的生日、大爹升职的日子，大家决定到昊都钱柜好好庆祝一下。到了地方，大家点了各自喜欢的火锅，并不断地将菜放进锅里涮。小孩们吃了一半就玩了起来，各自吹起各自的气球，有的在一起传球；有的用两个气球进行“个人秀”；有的用几个气球打成一大团做成了气球花；有的拿气球吹凉；有的像燃爆竹一样想踹破气球。大人们有的忙着给老人夹菜；有的在一起谈天说地讲着各自的事业；有的不断地说着笑话。大家个个显得乐此不疲，房间里此起彼伏的欢笑声，一直传到楼下……

（指导教师：杨淑霞）

冬天里的“一把火”

肖伊凡

母爱像一束阳光，给我们带来丝丝温暖；母爱像一束灯光，照亮我们前进的方向。而我说，母爱是冬天里的一把火，温暖着我们的心。

那是一个冬天的清晨，我感到浑身酸软无力，觉得自己身在火炉旁，热得难受。妈妈照例来到我的房间，帮我盖好了被子，顺手摸摸我的额头。“怎么这么烫？”妈妈小声地嘀咕了一声，还生怕吵醒了我。我有气无力地说了声：“妈，我难受。”

“哦，你醒了，没事，孩子，你只是没盖好被子，有点儿感冒发烧。”妈妈笑着安慰我，“吃点药就好了。”我知道妈妈的笑有点儿勉强，就轻轻地点点头说：“嗯。”“你先躺着，我去拿药。”妈妈一面说一面急匆匆地出去了。我知道家里没有退烧药了，再说大冷天药店怎么会这么早开门呢？就在我疑惑不解的时候，妈妈带着一股冷风进来了。只见她脸颊、鼻子通红，搓了搓冻僵的双手说：“外面好冷，来，吃药。”妈妈倒了一杯水，先吹吹，再尝一口，然后又把杯子摇晃几下，再吹吹，我知道妈妈是怕水烫着我。吃完药后，妈妈叫我再躺一会儿，这样起来后，就会好点儿。望着一直忙碌、头发凌乱的妈妈，我的眼前模糊了……

母爱是冬天里的一把火，而又是什么使这把火烧得如此之旺？我想：那是妈妈要保护我们的愿望，那是妈妈心中对我们每时每刻的牵挂。

（指导教师：李珊梅）

最后的回眸

黄葳葳

清明，雨似乎已经挥洒完了，再也挤不出一滴。干燥，发丝已被隐形的火焰灼烫。

“爷爷！”亲切的呼唤，几年了，我只能在幻想中轻轻地呢喃低语。

他病了，悄悄地。宁静的生活被打碎，虚无缥缈间，没有一点儿征兆。知道这一消息后，我才觉得，觉得他变了。原来乌黑的头发，渐渐被时间抽离得变了颜色，差不多全白了，在白发中也很少能看见细小的麦桩似的小撮黑发。那颗承载了罪恶的肿瘤使得他无法用嘴进食，只能用管子输进营养液度过难熬的日子。

爸爸妈妈同其他家庭成员讨论，决定让爷爷去马来西亚，见见那里的亲人。那时候，我还小，还在读二年级，不清楚爷爷乘坐的那辆生命列车将要驶向终点站。

第二天，我和爸爸妈妈一起去机场送行，懵懂的我静静地坐在椅子上，享受着机场带有冰块般凉爽的风。我是爷爷最疼爱的孙女，他让我在旁边坐下，机械式地举起手在我有些凌乱的头发上拨弄。他的手指上有些硬茧，硬硬的，弄得我的头皮发痒。我朝着他的位置挪了挪，不习惯地扭动着。

登机的时间转眼即至，他握着我的手，轻捏着，硬茧硌得我很不舒服。走时，爷爷回过头来，望着我，灰褐色的眸子，如同麻袋，装满沉甸甸的不舍与依依惜别的深情。眼角旁的皱纹似乎被放大得十分明显。

爷爷终于上了飞机。他接到远方的来信，去了更加遥远的地方。而在我的心里，对他最多、最重的回忆就是那一瞬间的回眸，牵拽着这些年来所有的追思。

曾经几次，醒来时枕边点点淡淡的泪，干了，思念爷爷的情绪又被悄悄地牵起。

我现在回忆起那只硬茧的手，就不由自主地幻想哪天又会有一只这样的手来抚摸我的头……

那最后的回眸，沉淀着爷爷对我的无限的爱……

（指导教师：秋燕）

爱心日记

黄丹琳

星期一

桌上一杯牛奶，一摸，还热乎着；还有一片面包，上面抹着沙拉酱。桌子上还有一张小纸条：“宝贝，妈妈上班去了，你乖乖喝牛奶，然后去上学。记住，上课认真听。”看毕，暖。

星期二

明天就要考试了，晚上要抓紧复习。十点钟，妈妈走进来，说：“早点儿睡，明天去学校再继续复习。”乖乖上床，甜。

星期三

考完试，回到家，桌上早已摆满了饭菜，妈妈走过来说：“考完试一定很累，来，多吃一点儿，补补脑子。”吃完，高兴。

星期四

考卷发下来，成绩不高，伤心回家。妈妈一看，什么也没说，转身，做饭。晚饭时，妈妈说：“这次虽然考得不好，但下次一定会成功。”听罢，笑。

星期五

在回家路上，不慎摔倒，一瘸一拐地回家。妈妈一看，心疼：“怎么摔成这样？没事吧？”心暖，感动。

星期六

今天不上学，和妈妈去买东西，不小心走散了，妈妈着急地找，终于找到了我。一看妈妈着急，高兴，激动。

星期天

妈妈和我在家里看电视。妈妈一直在旁边静静地陪着我，和我一起看我喜欢的电视，感动。

（指导教师：陈伯强）

爱心历险记

李林君

每个人应该都会说“我爱你”这三个字。可是，你们会拥抱着父母，说出“我爱你”吗？想一想父母在对我们说“我爱你”的时候为什么会那么直接？因为爱，无处不在。

今天，张老师什么作业也没布置，就是叫我们回去帮妈妈做一件事，并对她说“我爱你”。“哼，这么简单，回去一说不就成了吗？”

放学了，回去的路上，我想：回去进门我就说“妈妈，我爱你”这几个字。话虽这么说，可我心里不免有一些紧张。于是我设定了四个方案……

到家了，我一进去，就看见妈妈在厨房里忙碌的身影，嘿嘿，我的第一大方案开始了。可是，我有点儿紧张，心里像揣着兔子，“扑通扑通”地跳个不停，生怕我说了妈妈会笑我。我只好支支吾吾地说：“妈……妈妈，我……我……我去看书了啊！”

哎，第一方案失败了。我想：我怎么这么不争气呢？连“我爱你”这三个字都说不出口。等我看完书，晚饭开始了。我坐在椅子上，望着白白的饭粒，心里很不是滋味。等妈妈来了，我的心跳不禁加快，“咚咚咚”。我低着头，不敢看妈妈，又说：“妈妈，就是……那个……我，今天的饭菜真香啊！”我急急忙忙吃完饭，把碗啊、盘子啊，都收拾了，三下五除二把它们洗完。我看见妈妈悠闲地坐在沙发上看电视，才开始我的第三方案。我怀着忐忑不安的心情来到妈妈面前。妈妈突然说：“乖女儿，今天怎么这么乖啊，帮我洗碗？”这一声，差点儿把我吓得摔在地上。我结结巴巴地说：“妈妈，我……我……呵呵，我去洗澡了。”哎哟，我一拍脑门儿：“我爱你”这三个字怎么这么难说出口呢？洗完澡，我才发现妈妈已经上床睡觉了。我按住心口，紧捏拳头，硬着头皮对妈妈说：“妈妈，我爱你！”妈妈眼里含着泪花，激动地说：“傻孩子，妈妈也爱你！”

这次“历险”让我懂得：虽然“我爱你”这几个字对我们来说很简单，可是说出口却很难。每个父母都爱自己的孩子，更何况“天下父母心”！

（指导教师：张守刚）

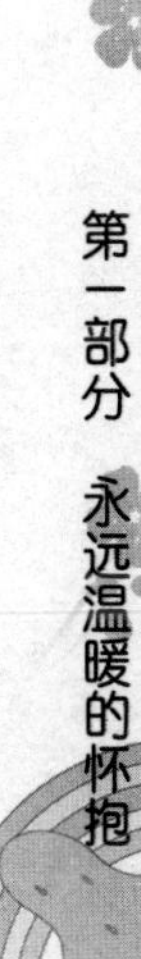

面包黄灿灿

王　宁

我是个身体瘦弱、吃东西十分挑剔的女孩子，可是对面包却情有独钟。

老妈原先学过面包制作手艺，是制作面包的高手，可是因为整天忙于生计，只能偶尔抽时间给我做面包吃。

那天天还没亮，我去卫生间时路过厨房，发现里面灯火通明。呀，老妈这么粗心，竟然忘记关灯了！我推开厨房门，正准备去关灯时，却发现老妈正站在微波炉前烤面包。

老妈听见门响，转身发现了我，笑眯眯地说："宁宁，妈平日忙，没工夫给你做面包。今天给你做些面包，一会儿你上学吃。现在离上学时间还早，你再去睡会儿吧。"老妈说着，用袖子擦了擦额头上细密的汗珠。

老妈的笑深深地刺痛了我的心。她每天骑着摩托车走街串巷，带着一大笼包子卖，几乎天天都是起早贪黑的。她辛辛苦苦挣钱供我和姐姐上学，我还常常抱怨她不能每天给我做面包吃……老妈为了让我这个宝贝女儿能吃到喜欢的面包，竟然这么早就起床了。我越想越觉得惭愧，越想越觉得对不住老妈。

回到卧室，我躺在床上睡意全无。终于到了六点，闹钟的铃声打断了我的思绪。我急忙起床，洗漱完毕来到客厅。这时，老妈已烤完面包。她用碟子盛了好多热气腾腾、烤得黄灿灿的小面包端到我面前，笑容满面地说："宁宁，快趁热吃吧，要不就凉了。"这时，我突然发现老妈右手的中指上有个花生米大小的水泡，这一定是刚才她为我烤面包时烫伤的。

走在上学的路上，我回味着那些热乎乎、香甜可口的面包，心头涌起一股别样的感觉，是感激，是难过，还是……连我自己也说不清。

（指导教师：赵学潮）

懒老爸

马佳旋

老爸三十一岁了，中等个儿，身体微胖，脸儿白白净净，一看就像个白领族。他在我们县上的农业园区工作，是位辛勤的公务员，每天都能按时去上班。可是最近我发现，老爸在家里很懒，尤其是节假日特别爱睡懒觉。

这不，今天是周末，一大早，我和老妈就早早起床了。可是老爸还躺在床上呼呼大睡。老妈叫他起床去洗衣服，他却躺在被窝里，迷迷糊糊地说："让我再睡会儿。"

过了一会儿，老妈再次叫他起床，可他还是不愿意起来。气得老妈捏住他的耳朵想把他拉起来，可他却说："别急，到时候我自然会起来，不用催。"老爸转过身子，又呼噜呼噜睡着了。

老妈等了一个多小时，还不见老爸起床，就派我去"请"他 。我来到老爸床前，跳上去，骑在他身上，拍着他的屁股，高声喊道："老爸，快起床，太阳晒到屁股上了！"可是老爸不吭声，依然睡在那儿。

我没辙了，于是四下打量有什么可以叫醒老爸的"武器"，忽然看到床头摆放着的一本书，书名叫《新世纪的中国农业》。而书底下，还压着一个本子，上面密密麻麻地写满了字，原来是这本书的读书笔记。

我忽然明白了，原来老爸之所以这么"懒"，是因为他把晚上的睡觉时间用来学习了啊！看书看到很晚，早上当然就起不来了。

我是个懂事的孩子，轻轻地从老爸身上溜下来，然后在他白净的脸上轻轻地亲了一口。呵，老爸在睡梦中抿抿嘴，笑了。

（指导教师：赵学潮）

玉米飘香

薛舒文

天公不作美，又下起了蒙蒙细雨来，淅淅沥沥的。雨落在地上，像丝竹的声音，幽怨舒缓。但这雨不像是落在地上，而像是落在心里，天是灰的，心是沉的。站在窗台前望着连绵不断的雨水，我心情愁闷，真不知补习班放学后怎么回去。

这雨不给人留任何希望，我抱怨起来，不知是冲回家，还是继续在这等妈妈。一时两个念头交错在一起，脑子一片混乱。我用尽力气甩了甩头，又继续等了起来。

已是隆冬了，风，呼呼地吹着，雨淋湿了眼前的一切，刺骨的寒风吹在脸上，钻心的痛，心也凉了半截。看着别人陆续被家长接走，我不免有些失望。大概，妈妈不会来了吧。我这样想，冲进了雨帘中。

豆大的雨点落在脸上，滑过，但瞬间又不见了。我真想搜肠刮肚地酝酿一句可恶的话，好好说她一顿。

不知过了多久，那温暖的家出现在面前，至于我怎么回来的，连我自己也不知道，我心里充斥着委屈和愤怒，真想抓一个人痛打一顿。

进了家门，我才发现妈妈不在家，看来是我误会她了，我开始心神不宁、坐立不安。

妈妈回来了，全身上下湿透，雨水不断地滴落在地上。妈妈走了过来，摸了摸我的头，轻声细语地说："你最近吵嚷着要吃玉米，外公昨天刚打电话来，让我去拿玉米，谁知下起了大雨，也没拿多少，妈这就给你煮上。"那语气一派柔和。

说完，妈妈就麻利地剥玉米、洗玉米。妈妈发梢上豆大的汗珠夹着雨水顺着那苍白的脸颊不断地往下淌，滴在双手上，又从那布满雨水的鞋上，流到了妈妈脚旁的一摊水里。妈妈的眼神很专注，仿佛在完成一项伟大的使命。我感觉空气凝成一团，只听得见我激动的心跳声和妈妈的喘气声。

“吃吧，妈给你挑个大的！”玉米刚煮好，妈妈便给我挑了个又嫩又新鲜的，递给了我。啃着那脆脆的玉米，心头涌上一股热潮，我感觉有一种说不出却感人至深的温暖和情感洋溢在我的周围。

是啊，妈妈的爱就是这阵阵的玉米香，飘进了我的心房，飘进了我的记忆，温暖了我的心！

（指导教师：胡文杰）

妹妹不见了

陈冰姿

今天，差点儿把我吓死了——妹妹不见了！

午觉醒来，我突然发现小妹妹不见了。床上，被子叠得整整齐齐，那双小凉鞋还端正地摆在床前。可妹妹哪儿去了呢？院子里，不见妹妹；问左右邻居，也没有；找遍了常和妹妹玩耍的小朋友家，还是没有！我急忙向不远处的外婆家跑去。外婆没见妹妹，又风风火火地同我往回赶。刚进门，只见妹妹高兴地张开双臂向外婆扑来。我一见妹妹，满腔怒火不知从哪里来，一把拽过妹妹："你到哪儿去了？"没想到一下把妹妹摔在地上。她像是受了委屈似的"哇"地哭了。妹妹一哭，我这个做姐姐的心倒软了。我疼爱地劝她："好了，是姐姐不对，你到哪儿去了？"妹妹见我和气多了，也止住了哭，说："我哪儿也没去，一直在爸爸房里看书。我醒来的时候，看见你睡得很熟，就没叫醒你。"哎呀，是我错怪了妹妹，我不禁感到一阵内疚。但看到妹妹光着脚丫，我的疑问又脱口而出："教你多少次要穿鞋，你怎么又没穿……"妹妹打断我的话说："这都是老师教的呀！""啊？"我更是莫名其妙了。妹妹露出几分得意，唱起了刚学会的儿歌："小朋友，睡午觉，幼儿园里静悄悄。小花猫，有礼貌，藏起脚爪地上跑；脚不响，口不叫，进屋谁也不知道。"接着她神秘地告诉我："我们睡午觉时，老师走路都是轻轻的，生怕吵醒了我们。"我这才恍然大悟：妹妹为了让我休息好，才没叫醒我，还没穿鞋，悄悄地走了出去。

多好的妹妹呀！我呆呆地看着她，好像今天才认识她似的。

（指导教师：刘克锡）

大声说出“我爱你”

孙庆秋

一个天气晴朗的下午，老师却布置了一项“阴沉沉”的作业：回家后，对妈妈大声说出“我爱你”。

说实话，长这么大了，从来还没有这么肉麻过，我实在说不出口，可这是老师布置的作业，不做，后果是可想而知的。我哆哆嗦嗦地来到妈妈面前，话到嘴边，又被我咽下了肚，妈妈看到我欲言又止的神态，微笑着说：“宝贝女儿，干什么呢？”我满脸通红，连声说：“妈……妈，几……几点了？”“又不出去，你管它几点干吗？”“噢，就是问问，没事。”话还没说完，我就急忙躲进了屋。关上房门，我喘着粗气，“怎么办呢？不说，那老师要是知道了，我可就糗大了。孙庆秋，相信你能行，再试一次吧。”

我又轻轻扯着妈妈的衣裳，鼓足勇气说：“妈妈，我……”“这孩子，你到底怎么了？发烧了？一回来就怪怪的，难道陶老师给你吃迷魂药了不成？”“没有，妈妈，你说什么呢？”我只好再一次落荒而逃。

“孙庆秋，你真没用！”躺在床上，我用手拍拍自己的嘴巴，又气呼呼地站起来，“我张不开这嘴呀，我要真对妈妈说了那句话，她不呕吐才怪呢。”

唉！我为什么不敢当面对妈妈说出“我爱你”？大声说出“我爱你”有这么难吗？陶老师呀陶老师，你怎么出了这么个刁钻的问题，这不是明摆着为难我嘛！

看到桌子上的作文本，我豁然开朗：“不能当面说，咱就写！把家里所有的门上都贴满，嘻嘻！”

“妈妈，我爱你！”

夜晚的声音

阮祺婵

漆黑的夜幕中，只有雨的滴答声在我耳边环绕，我的肚子也随着雨声的伴奏唱起歌来。看着外面湿漉漉的世界，我懒惰的心便和我“咕咕”叫的肚子产生了矛盾。这时悠闲地看电视的妈妈进入了我的视线……

在我的乞求声中，妈妈撑伞出门了。

我一边看着电视，一边注视着大门，等待着妈妈的“凯旋”。时间在无声地流逝着，我望着黑漆漆的门外，心中不免有些埋怨：妈妈为什么还没有回来？奶茶店离家可不远。过了一会儿，一个节目播完了，妈妈还没有回来，我不禁有些担心起来——去奶茶店买东西也不需要半个钟头吧。

焦急使我决定去奶茶店看看。在灯光昏暗的路上，似乎所有的身影都与妈妈的身影相似，是那样熟悉而又陌生。我急忙来到奶茶店外，准备“数落”一下妈妈。可走近一看，我愣了——全是一张张陌生的面孔。我又细细搜寻了一遍，直至确定那里没有妈妈那熟悉的面孔。无奈、担忧陪伴着我朝家走去，路上星星点点的灯光寄托着我的担忧。

时钟滴滴答答地走着，声音似乎洒满了整个房间。许久，妈妈熟悉的身影才出现在门口。

“您去哪儿了？”我语气有些重，夹杂着些许焦躁、些许担忧、些许责怪。

“你上次不是说想吃火腿肠吗？我买来给你晚上吃。”这时我才看见在热腾腾的奶茶旁还有一大包火腿肠，我想起上个礼拜无意之间跟妈妈说过这件事，但我早就忘了。而且我知道超市离家比较远。

妈妈那句平静而随意的话语久久地回荡在我的耳畔，在我的心中激起圈圈涟漪。

此刻，我的耳边不光有雨声，还有妈妈那句平常而溢满爱的话语。

（指导教师：胡文杰）

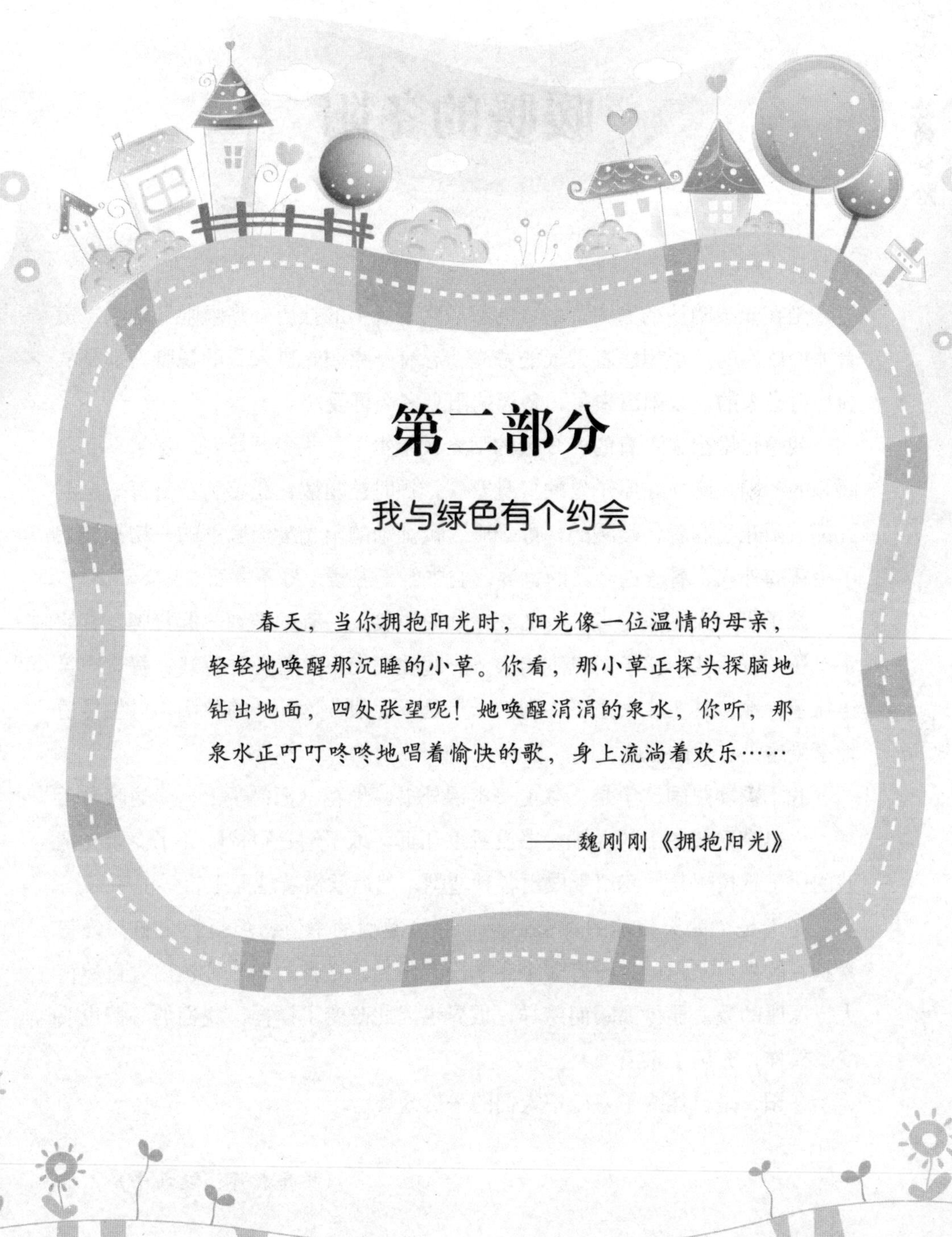

第二部分

我与绿色有个约会

春天，当你拥抱阳光时，阳光像一位温情的母亲，轻轻地唤醒那沉睡的小草。你看，那小草正探头探脑地钻出地面，四处张望呢！她唤醒涓涓的泉水，你听，那泉水正叮叮咚咚地唱着愉快的歌，身上流淌着欢乐……

——魏刚刚《拥抱阳光》

暖暖的冬阳

凌云辉

坐在光线暗淡的家中，冬日的寒风吹着墙上的挂历“哗啦啦”地响，声音冰冷冰冷的。正抱怨着天气的寒冷，忽有一束阳光进入我的视野，那是从窗户射进来的。太阳出来了，冬天的阳光多么可爱。

我急忙跑出去，真的，冬天的阳光太宝贵了。我张开双臂，尽情享受着暖和的冬阳。刚才在屋子里的一身寒气，顿时被驱散，我感到全身每一个毛孔都被阳光浸润着，暖暖的，好舒服。黄灿灿的阳光给天底下的一切都披上了金黄的外衣，看着这金黄的世界，心中好不温暖，好不惬意。

院子里的人越来越多，有的在一起说说笑笑，有的坐到一起打牌，有的手头还忙着活儿。孩子们也跑出来，一起在阳光下做着各种游戏，将欢声笑语撒了一地。其实，大家不为别的，只是不想浪费这美妙的冬阳，只想尽情地享受这大自然的恩赐。

我不爱凑热闹，于是，拿上一本课外书，坐在一把椅子上，一边嗑着瓜子，一边享受着冬阳的爱抚。书没看上几页，瓜子倒是很快嗑完了。阳光把我的影子越拉越长，我用手做出各种造型，然后欣赏着地面上奇妙的手影。

冬天是个冰天雪地的季节，是个寒风凛冽的季节，但是，大自然懂得爱护它的生灵，因此，没有哪个冬季没有阳光。冬季的阳光传达出大自然博大、深厚的爱，显得温暖而慈祥，世界也因此改变了模样，我们的心情也改变了模样，充满了希望。

冬阳，是自然赐予寒冷中人们的一份爱心。

（指导教师：夏礼平）

家乡的小河

孙薪存

在我的家乡，流淌着一条十分迷人的小河。她如同一条碧绿的丝带，紧紧地环绕着整个村庄，成为这个村庄一道独特的风景线。

春天，小河的水刚刚解冻，鸭子便迫不及待地在水中追逐、嬉戏，真可谓“春江水暖鸭先知”。不久，两岸亭亭玉立的柳树，在和煦的春风的抚摸下，悠然地舒展着自己碧绿的长发，万般娇态。此刻站在树下，只觉清风徐来，烦恼即刻烟消云散。杜鹃、月季、玫瑰……知名的、不知名的那些花，有的含苞欲放，有的厌倦了冬的寂寞，破口大笑。她们甚至绽放得有些泼辣，肆无忌惮。听，“嘻嘻，哈哈……”妇女们说着，笑着，在清清的河水中洗衣。一圈圈的涟漪不停地向河心荡漾开去……

很快，夏天来了，小河显得格外热闹。晚饭过后，人们三三两两地来到这里散步、乘凉、下棋，玩得不亦乐乎。小河似乎成了大家的避暑所。河边的水草，披上夕阳金色的外衣，倒映在粼粼的波光中，仿佛是娇羞的新娘。

转眼到了秋天，小河岸边开满了野菊，那纯纯的黄色，让你不禁联想到“成熟”“丰收”等字眼。这时的天空显得格外的高远，河水也显得特别蓝，特别清，映着蓝天、白云，更加清纯美丽。

冬天，虽然没有白雪皑皑、雪花簌簌，但仍抹不去小河那美丽的面孔。拂去春的娇艳、夏的火热、秋的繁忙，小河是那样寂静。坐在小河旁的亭子里，凝视河面，时不时想起可爱的亲人，倍感亲切。

啊！家乡的小河，在家乡人民的精心呵护下，你已告别昔日的不堪，迎来今天的玉洁冰清。明天，你一定会更加妩媚动人！

我爱家乡，更爱家乡的小河！

（指导教师：孙玉震）

台上青青草

王　晶

三月中旬的一天，天气虽然很暖和，但春风吹起来依然寒冷，刮在脸上凉飕飕的，让人感到一丝丝凉意。

我站在自己家的阳台上，尽情享受着阳光的温暖，心里美滋滋的。就在我一低头的刹那，猛然发现阳台上有一道浅绿色的丝线。我纳闷了，这是谁在这里放了这样一缕丝线呢？我蹲下身来，仔细一瞧，顿时惊呆了，原来是一溜儿小草，它们密密麻麻地从阳台上的一道裂缝儿中钻出来，惊喜地看着这个新鲜的世界。在这满院子都还是一片灰白色的时候，这群小草却执拗地将头从干瘪的水泥缝隙里钻出来。那道缝隙里几乎没有水分，没有沙土，有的只是干硬的水泥，就凭着对春天的渴望，小草竟顽强地从水泥的缝隙里钻了出来，第一个迎接春天的到来。

是啊，就因为对春天的热爱，自己才这样执着，才这样顽强不息，才这样不惧困难，才这样自信乐观。

（指导教师：李俊平）

春游唐河

吴 迪

星期天的上午，爸爸妈妈带我去唐河岸边游玩。

走在路上，只见公路两旁的小树就像两排士兵在为我们站岗放哨，树枝上长出了嫩绿的叶子，有几只小鸟在上面叽叽喳喳地叫个不停，好像在说："欢迎你们到此来游玩呀！"树下的小草偷偷地探出了小脑袋，像戴上了小绿帽子，漂亮极了。嫩绿的麦田一眼望不到边，绿得就像一块块碧玉似的；田野里到处都听得到小鸟的叫声，是那么悦耳动听。

道路两旁的柳树长出了嫩绿的枝芽，那一条条柔软的枝条像姑娘们的长辫子一样在春风里轻轻摆动；路的南边是一望无边的桃树林，桃花开得正浓，就像一个粉红的海洋，把大地装扮得更加美丽动人。这时爸爸动情地唱起了流行歌曲《桃花朵朵开》："暖暖的春风迎面吹，桃花朵朵开，枝头鸟儿成双对……"你瞧，他唱得可带劲儿了。

一转眼，我们来到了唐河东岸，这里的风光太迷人了，青青的小草给河岸穿上了一件绿色的衣裳；成群的蝴蝶在河边翩翩起舞，美丽极了；无数只辛勤的蜜蜂在河岸边的油菜花丛中开始了它们的采蜜工作。唐河水在大地妈妈的怀抱里欢快地向南哗哗流淌着，如同一条透明的蓝绸子。河里的小鱼可能在水里待腻了，快活地在水面上游来游去，成群结队的小蝌蚪在水里寻找自己的妈妈，还有几只小虾在水草丛里玩起了捉迷藏的游戏。在小河拐弯的地方，游来了护林老人养的几只鸭子，我捡起一块小石头扔进水里，水面漾起一道道波纹，鸭子便连忙扎进水里。一会儿，游了上来，抖抖身上的水，又"嘎嘎"地叫，好像在欢迎我们的到来呢。小燕子也从遥远的南方飞回来了，在水面上边飞边叫，为春天增添了许多生机。我几乎要看呆了，情不自禁地说："好美丽的景象啊！"

不知不觉到了中午，我们一家人恋恋不舍地回到了家中，可唐河那一幅幅生机勃勃的美丽画卷还在我眼前浮现！我和爸爸妈妈约定，明年的春天还来唐河春游。

（指导教师：唐群生）

雨

李　斌

雨不仅是能工巧匠，也是一位很有天赋的音乐家。

“啪——啪”“轰——隆隆”，一阵巨响从天上传来，这声音犹如千万门大炮发射出来，是电母生气了？是天上的雷公正在发怒，用它的大锤砸向天空？“轰——隆隆”“轰——隆隆”……阵阵雷声连在一起，像是演奏一首曲子的高潮部分。“啪啪——”闪电又加入进来，像在和雷公比嗓门，一会儿一个在前一个在后，一会儿又同时响起，“轰隆隆”“啪啪啪”，想要把天宫闹翻似的。几声闷雷后，厚厚的云不断翻滚着，雨要来了。

“哗哗哗”，伴随着雷声，雨声也响起来了。雨点落到了池塘里，像是第二部演奏曲的前奏。奇怪，电母和雷公息怒了，渐渐地退出了舞台。忽然，雨下大了，雨声不再单调了，“刷刷刷”“吧嗒吧嗒”“哗哗”……好像什么声音都有，像是大自然动用各种乐器演奏出了一首高亢激越的交响曲。雨越来越大了，“哗哗”“吧嗒吧嗒”，雨声盖住了大自然的其他声响，像千万匹野马奔腾狂叫一样。雷又响了，似乎在为雨声伴奏、助威。雨丝像大自然的手指，而屋顶上的瓦，大路上的石头、树叶儿……都成了笛子、琴键、锣鼓等乐器。听，大自然正弹奏着激越的音乐，这音乐忽高忽低，有时明亮有时热闹，有时像男高音，有时又像男低音。

雨真是一位优秀的音乐家！我爱这神奇的雨。

（指导教师：严家桂）

杏儿黄了

杨 露

早晨，我这个小懒虫正在做着香甜的美梦。忽然，门外传来一阵喧哗声，一下子就把我给吵醒了。我爬起身一看，呀，老爸请来这么多人帮我家摘杏。我急忙穿好衣服，三下五除二便完成了洗漱任务。耶！今天我这个“小懒虫”也要当一回“勤快人”了。

我迫不及待地来到老爸跟前，请求他说：“爸，让我也去吧！”老爸上下打量了我一番，用半信半疑的语气说：“你能行吗？还是写你的作业去吧。”在我的软磨硬缠下，老爸终于答应带我去了。

我骑着自行车飞快地来到我家的杏园前。只见眼前一片黄艳，树上黄澄澄的金太阳杏挂满枝头，它们在绿叶的陪衬下，宛如一个个“小淘气”，又像一个个“小金橘”。看到这个场面，还没摘杏，我已经“垂涎三千尺”了。于是，我急忙跑进杏园，选了一棵粗壮的杏树，像猴子似的哧溜溜爬了上去。我摘了一个又大又黄的杏，在衣服上擦了擦，便塞进嘴里。呀，真甜！我一口气吃了三个杏。这才坐在树枝上，一手紧握着树枝，一手急忙摘起来。我一边摘一边往衣兜里塞。很快衣兜里就变得鼓鼓囊囊，装不下了。老妈见了，急忙走过来，递给我一个塑料桶。她笑着问我：“露露，今儿个太阳怎么打西边出来了？”我冲老妈“嘿嘿”笑了笑，继续摘起来。

我们摘完杏，便从杏园里出来，准备装箱。老爸老妈把箱子折好，用胶带将底部粘好。我便帮他们将垫片一个个放进去，忙得汗流浃背……

吃早饭的时候，杏儿全部装进了箱子。看着那一箱箱金太阳杏往汽车上装去，我甜甜地笑了。

（指导教师：赵学潮）

春

姜雨彤

俗话说："一年之计在于春，一日之计在于晨。"大家都会十分珍惜这难得的大好时光，趁这大好时光做自己喜爱的事情。

清晨，我早早地起床到外面锻炼身体，沐浴在柔和的阳光下。我发现柳树已经吐出了新绿，草坪上也隐约露出了小草的倩影。天空也变得更蓝了，燕子也成群结队地从遥远的南方赶来了，有的在半空中叽叽喳喳地叫着，有的停歇在电线上好像在开会，还有的……小河里春水荡漾，冻了一冬的冰也不知被春天的太阳"吓"到哪里去了，再也找不着了。睡醒了的青蛙也在不停地"呱——呱"叫着，伴随着小河的流水声，凑成了一曲和谐的乐章。

俗话说："阳春三月不做工，十冬腊月喝北风。"农民们也在田间做着春耕前的准备工作，生怕秋收的时候没有好收成。小伙伴们也脱掉了又厚又沉的羽绒服，换上轻便的毛衣、毛裤，觉得轻松多了。"哈……"这是谁？噢！原来是一群小朋友在放风筝，五颜六色的风筝在天上飘来荡去，把本来已经很晴朗的天空点缀得更加美丽、漂亮了。

一会儿，天空飘来几朵乌云，下起了蒙蒙细雨。我似乎一点儿感觉都没有，依旧在雨中漫步……没过多时，几滴大雨点钻进了我的衣领里，凉凉的，我不由得打了个冷战。

过了一会儿，雨停了。放眼望去，所有的一切都被洗刷得一尘不染。树上刚长出的嫩芽，草坪上刚泛青的小草经春雨的滋润，显得更加生机勃勃、春意盎然。空气里弥漫着泥土的清香，闻起来舒服极了！我独自走在被春雨洗刷过的马路上，心里特别舒畅。

啊！春天，你给予了花草树木无私的关爱，使我们的家乡变得那么美丽；你也给我们带来了成功的机遇，激励我们去开拓美好的未来。我们都爱你——孕育生机的春天。

（指导教师：姜广生）

游莲花台

孙雨桐

去年夏天，我跟着爸爸去了莲花台。

小轿车在如同长蛇一样蜿蜒的山路上爬行。这里山清水秀，一条小河像玉带似的嵌在青山上，大山里的新鲜空气叫人心旷神怡。由于莲花台在沟底，所以我们沿着崎岖的山路一步又一步往下挪，遍山的野花儿五颜六色，像许多小伞点缀在绿色的海滩上。虽然太阳像大火球一样炙烤着大地，但我们一点儿也不觉得热，一路有许多梧桐树、榕树和松柏，像一把把人工修饰过的大伞，殷勤地为游人遮阳。阳光透过密实的绿叶，像在地面上撒了碎金。这里罕无人迹，除了沟边有些已经荒废了的断壁残垣和偶尔走过的稀少的游客，再没有其他，让人感到一种凄凉、孤独的美。

走着走着，头顶的“大伞”一下子没了，眼前开阔起来。一层纱一样的薄雾笼罩着青山，正午的日光给这层“纱”镶上了金丝边。透过这层薄雾，一块形如荷叶的岩石映入眼帘。大自然的鬼斧神工令你叹服叫绝，这块“荷叶”栩栩如生，上面的纹络也依稀可见。但这并不是最神奇的，最神奇的是在这块岩石的斜边横着钻出了一棵青松，它不知为什么长在这里，但是它知道自己是条生命，所以顽强地生长着，就跟北国沙漠里的黄柳一样，没有充足的水分，没有肥沃的土壤，可因它顽强的生命力而显得更加欣欣向荣。

有人说华山的美景犹如诗，香山的美丽好比画。我却要说，莲花台就像一首高雅清丽的曲子。

（指导教师：郭双宏）

龙泉，我爱你

张秀敏

龙泉的泉池直径约4米，水深约3米。泉水清如明镜，泉底的石块、水生物清晰可见，就连游人丢入水中的硬币，也能清晰地辨认出面值。泉水冬暖夏凉，是人们欣赏龙泉的原因之一。夏天，捧一捧凉水洗一把脸，不知是泉水冲散了身上的热，还是泉水的凉意融进了心里，真有一种神清气爽的感觉；冬天，泉池里升起一层薄雾，不仅给四周的泉壁披上了神秘的轻纱，同时也笼罩了在池边晨练的人们。在“仙境”里练拳舞剑，真是惬意极了！

龙泉的美并不仅在于水，更主要的是融山景、水景、林景于一体，亭台楼阁与湖光山色交相辉映。龙泉的西侧是高大的象山，峰峦雄伟，悬崖峭壁，树木茂盛，芳草挂坡。泉边有一根百年古藤顺峭壁直攀山顶，甚为壮观，堪称一绝。东侧古木参天，苍翠欲滴，伙伴们在树下追逐、嬉戏，龙泉更显得热闹非凡。在龙泉与文明湖的交汇处，建有一座听泉亭，还有文明湖中的湖心亭，那艳丽的色彩、精湛的雕饰，无不给龙泉增添了几分姿色。端坐亭台，垂足于蜿蜒亭桥之间的泉溪，倾听着优美悦耳的泉声，迎着霞光，欣赏那粼粼水光的泉池里撒下的数不清的翡翠、玛瑙、珍珠、宝石……谁能不被陶醉？

哦，这美丽的龙泉！

（指导教师：刘克锡）

游仙栖洞

周 宠

仙栖洞和别的洞不一样，它的洞口在半山腰上。顺着一道陡峭的阶梯爬上去，才能到达洞口。洞中有泉水靠着洞口的左边往外流，在洞外汇集成一潭平静的湖水，水面上停着十几只小船供游人出入。洞口不大，一次只能容一只小船进出。

我和爸爸妈妈乘着小船行进了十几分钟来到了内洞口。导游领着我们上了几十个台阶，我眼前忽然出现了一个奇妙的世界。只见洞顶一片“繁星”，把整个洞府照得异彩纷呈；巨大的“通天柱”直冲“云霄”，柱体晶莹剔透，一条巨龙盘绕其上；从天而降的“瀑布”让人想到唐代大诗人李白的诗句“飞流直下三千尺，疑是银河落九天”；高峻奇险的“仙山”矗立在四周，怪石嶙峋。

跟着导游继续往前走，前面又出现了一个“农家小院”，只见洞顶挂着“大玉米棒子”和火红的“大辣椒”，一派丰收的景象。院子后面是“仙栖大厅”和“仙人的后花园”。“大厅”里一对老夫妇在说悄悄话，旁边一个老爷爷在给一个小孩子讲故事。“仙人的后花园”里有许多仙人，有的在下棋，有的在看书，好不自在。真是一个神仙府第呀，要不怎么叫仙栖洞呢?

其实，这些奇妙的景观都是由石钟乳凝结而成的。石钟乳的生长非常缓慢，一百年才长一厘米，这些景物有的生长了几百万年，有的生长了几千万年。游人从它们身边走过时都忍不住去摸一摸。

走出洞口，我由衷地赞叹道：大自然真是太神奇了!

（指导教师：崔显松）

人间仙境——黄台湖

王子鉴

早上七点，我们终于向心驰神往已久的黄台湖进发了。太阳经过一夜的休整，精神抖擞地闪出万道金色的光芒。天空中几朵白云自由自在地舒展着筋骨；小鸟也在头上叽叽喳喳地叫个不停，像是要和我们一起去旅行。一路欢歌笑语，很快我们就到了目的地——黄台湖。

高大雄伟的钢城大桥横跨湖面。站在桥上俯视，黄台湖犹如一幅美丽的画卷展现在我们面前。阳光照在波光粼粼的湖面上，像给水面洒上了一层闪闪发光的碎银。远处的湖面上白帆点点，好似一片片树叶在水面飘荡。岸边，垂柳拂水，三五个闲散的老人在树林中下棋、谈天。湖中央矗立着一群玲珑精巧、错落有致的欧式小楼，给人一种江南水乡之美。

我们迫不及待地沿着钢城大桥飞奔而下，来到黄台湖码头。风一吹，小浪争先恐后地涌上岸来，却像被谁拽住了似的，又马上缩了回去。水里的鱼儿虾儿也蹦来跳去，像在和我们打招呼，我们也毫不客气地与它们玩了起来。

我们沿着鹅卵石铺成的小路向南走。蝴蝶在我们头顶飞来飞去，把我们带到了黄台湖公园。走进公园，一股股浓郁的香气扑鼻而来。花坛里盛开着五彩缤纷的花：有红的、有黄的、有粉的、有绿的；有的半开、有的盛开，千姿百态。

在橡胶坝，老师告诉我们：“橡胶坝里都是气，当雨下得快要发水时，橡胶坝便往外排水……”同学们似懂非懂地点着头。建造大坝的人们用汗水和智慧创造了这一奇迹。大坝前的两尊雕塑“永恒的太阳”和“春华秋实”就是对他们丰功伟绩的赞美吧！

我们在大坝前的沙滩上，玩到下午两点多，才恋恋不舍地离开这人间仙境——黄台湖。

（指导教师：戴翠莲）

家乡的“小蜜蜂”

吴宝淳

我的家乡在黑龙江省尚志市一面坡镇，是远近闻名的“水果之乡”。我们那里盛产“小蜜蜂”。或许有人刚听到这个名字时，还误认为是采花蜜的小蜜蜂呢，其实我说的“小蜜蜂”是一种葡萄。

这种葡萄个头儿很小，一口能吃好多个，又因为它像蜜蜂采的蜜一样甜，因此，我们管它叫“小蜜蜂”。它的外皮绿莹莹的，清晨，在阳光的照耀下，上面的露珠闪闪发光，像绿宝石一样。里面的果肉嫩嫩的，如果咬开它，你就会惊奇地发现里面的果肉没有籽儿，这种葡萄大家都喜欢吃，保证你尝一口，心里甜滋滋的，一个还没下肚，就想吃第二个……

俗话说，看花容易绣花难。“小蜜蜂”的诞生也不容易啊！是把“老蜜蜂”的枝丫剪下来，在秋天的时候埋在土里，沉睡了一冬之后，经历了春天的孕育，老藤上便会长出嫩芽。之后逐渐形成密密麻麻的葡萄架，慢慢地就会开花、结果了。

关于我们家乡的特产“小蜜蜂”就介绍到这里，如果你喜欢“小蜜蜂”，欢迎您到我的家乡一面坡来做客吧！

（指导教师：姜广生）

拥抱阳光

魏刚刚

漫步于林荫小道上，阳光透过茂密的树叶，在人行道上画出一个个斑驳的小点。风，轻轻的，树，绿绿的，我陶醉于阳光之中，真想张开双臂去拥抱阳光。而此时，我的思绪已犹如脱缰之马在广阔的草原上纵横驰骋……

春天，当你拥抱阳光时，阳光像一位温情的母亲，轻轻地唤醒那沉睡的小草。你看，那小草正探头探脑地钻出地面，四处张望呢！她唤醒涓涓的泉水，你听，那泉水正叮叮咚咚地唱着愉快的歌，身上流淌着欢乐……

夏天，当你拥抱阳光时，阳光像一位严厉的老师，炙烤着广阔的大地、郁葱的森林。小草刚长大，阳光就教育它，让它学会坚韧；水稻才长高，阳光就鞭策它，让它努力吸收养分，积蓄力量；绿叶刚展开身姿，阳光就鼓励它，让它学会奉献……阳光普照万物，万物在阳光下学习着、成长着。

秋天，当你拥抱阳光时，阳光像一位桃李满天下的师长，露出欣慰的笑容望着曾经的学生。稻子颗粒饱满，苹果站满枝头，蝴蝶纷飞，小草已用行动诠释了无私奉献……

冬天，当你拥抱阳光时，阳光像一位和蔼的老人。虽然已无夏日的激情，但仍红光满面、精神焕发。它鼓励松柏在寒风中傲然挺立，它支持梅花在风雪中散发清香……

纵观历史，五柳先生若不拥抱阳光，他能有“采菊东篱下，悠然见南山”的境界吗？李白若不拥抱阳光，他还能发出“长风破浪会有时，直挂云帆济沧海”的壮语吗？苏轼若不拥抱阳光，他能看见“水光潋滟晴方好，山色空蒙雨亦奇”的佳境吗？

我慢慢地走着、想着、一边拥抱着阳光，一边感慨：明天，当第一缕阳光降临时，你会拥抱它吗？

游钱王陵园

郑越凡

今年暑假，我和外公外婆去游钱王陵园。

一下车，一座牌坊就映入眼帘，在阳光的照耀下，牌坊变得像白银般辉煌，牌坊上写着“钱王陵”三个镀金大字。

牌坊后是一条石径，再上二十多级台阶，便到了有“晨钟暮鼓”之称的演兵台。据说钱王当年就是在这里训练将士。演兵台左右两边就是晨钟和暮鼓。晨钟，就是早晨集合时打的钟，暮鼓就是傍晚收兵时击的鼓，相当于现在的军号。我踏上第一个钟台，一口青铜色的大钟悬挂在钟台上，旁边还有木制的钟锤，又长又粗，我要用两只手才能抱住！另外一边的鼓台上立着一只直径足有两米的大鼓，两只雄狮怒瞪双目在两边守护。鼓顶有两只金色的凤凰在争抢一颗夜明珠。我握住沉重的鼓槌向鼓击去，“咚——”的一声，沉沉的，传出去很远很远。

过了演兵台，我们拾阶而上，转过一座有三层楼高的塔鼎，就到了钱王祠。走进去，大殿里真可以说是金碧辉煌。钱王的坐像就在大殿中间，塑像双目眺望远方。两边有一副楹联：“一代枭雄铸吴越，千秋鼎铭事中国”。两边的偏殿里有介绍钱王故事的文字。其中有一个故事讲的是，钱王当了王之后，仍然十分警觉，他睡觉用的木枕里有一个铃铛，只要百里外有马奔驰，铃铛就会“当当”响，钱王就会被惊醒，做好迎敌准备。

出了大殿再往后，就是钱王的陵墓了。陵道两旁立着两位文武官员像，尽头处是一座高高的墓山，墓山前立着一米多高的墓碑，两边站着金童玉女。

我望着这墓山想：钱王，一代枭雄，流传千古。

（指导教师：张茂飞）

月亮的笑脸

孙鹤娓

高高地挂在空中，那是一张亲切的笑脸。你用你的笑脸照亮了全世界。我最喜欢的就是你，我亲爱的月亮，亲爱的笑脸。

傍晚，火红的太阳从西方慢慢地落下，把西边的天空染红了。你却隐隐约约地升起来，淡淡的，像一个轻轻的印痕。

夜越来越深，你的笑脸却变得灿烂起来，把清辉洒遍人间。我静静地仰望你，你还在那里迷人地笑，你的笑意越来越浓，仿佛心里有说不完的开心事。我问你："漂亮的月亮，你那里是否住着嫦娥呢？"可是，你却反问我："朋友，你的心里是否住着月亮呢？"

月亮好狡猾，从不正面回答问题。

月亮好优雅，从来都是笑盈盈的。笑脸好神秘，好亲切。

我还有许多问题想要问你，还有许多话题想和你聊，可你，总是笑着不语。也许，月亮的话都藏在笑里，只是我不能全部破译。

黎明时分，太阳从东方升起来，金鸡喔喔啼叫的时候，你要休息了。

我还想问问，你为什么在笑？为什么这样开心？什么时候，你才能和我分享一下你的小秘密……

（指导教师：傅秀宏）

我爱家乡的樱桃树

张晶晶

我爱我的家乡，更爱家乡的樱桃树。

细雨如丝，一棵棵樱桃树贪婪地吸吮着春天的甘露，在雨雾中欢笑着。阳春三月，樱桃树上满是嫩芽儿，一个个都含苞欲放，风一吹，就摇来摇去的，看上去真可爱！四月，樱桃树上结了许多青青的小樱桃，它那翠绿的颜色，几乎让人分不清是生的樱桃还是绿叶。如果你嘴馋的话，摘下来咬一口樱桃，肯定会酸得掉牙，千万别怪樱桃无情，因为樱桃还没有熟呢。五月，正是樱桃成熟的时期。它的颜色由青变成淡红，再由淡红变成红。这时，我和许多小朋友都从家里跑出来，我们争先恐后地爬上樱桃树摘樱桃，弄得灰头土脸的。我小心翼翼地摘了一颗放进嘴里，咬开樱桃，甜津津的汁水流到嘴里，感觉甜中带酸，真是好吃！摘到樱桃的小孩兴高采烈地吃着樱桃，而爬不上树的，就只能干咽唾沫了。摘得多的小孩，就会分一半给没摘到的小孩。

夏天到了，没摘完的樱桃都落到了地上，留下的只是那翠绿的叶子，它们绿得那么可爱，微风拂过，就跳起舞来，好看得很。等到寒风吹起的时候，樱桃的叶子逐渐变黄、脱落，把大地打扮得金黄金黄的，小朋友们就捡这些落叶做标签或标本，把做成的标本挂在门口。我们没事的时候，就会跑出家门，吊在樱桃树的树枝上荡秋千。当晶莹的冬雪悄悄地从天上飘落时，樱桃树的叶子已经落尽了。身披雪衣的樱桃树在刺骨的寒风中傲然挺立，好像在向人们宣示：来年我会开更多的花，结更多的果。

可爱的樱桃树啊，你不仅让人们享受到了甜蜜的味道，更给人们一种快乐的感觉。家乡的樱桃树啊，我爱你！

（指导教师：孙玉震）

第三部分

寻找爱的眼睛

一个圆圆胖胖的气球，
在空中玩耍。
小鸟啊，
你不要去啄它，
它不是苹果；
也不是桃子。
你不要破坏了，
它去高空旅游的梦想。

——付建云《气球》

一家人眼中的“9”

周子怡

在弟弟的眼里，
“9”是一颗诱人的棒棒糖，
只要一含——
就从嘴里一直甜到心底。

在我的眼里，
“9”是一只嘹亮的哨子，
只要一吹——
我们就出现在晨练的行列里。

在妈妈的眼里，
“9”是一枚精致的钩针，
只要一钩——
就会织出一件件美丽的毛衣。

在爸爸的眼里，
“9”是一杆漂亮的高尔夫球杆，
只要一挥——
就见他满脸的春风得意。

在奶奶的眼里，
“9”是一柄称心的汤勺，
只要一舀——

就闻到满屋子菜汤的香气。

在爷爷的眼里，
“9”是一个别致的烟斗，
只要一抽——
就能解决生活中的道道难题。

（指导教师：唐静芬）

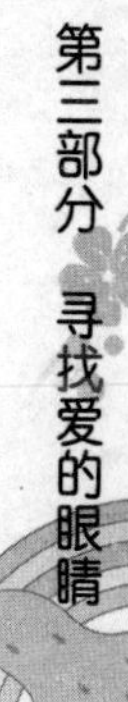

我的中秋

曾佳琪

我的中秋，
寂寞和快乐相比，
总是要多一些。

晚餐的时间到了，
叫妈妈，
“哎——”
她刚回来，她刚回来。
叫爸爸，
没有应答，
他在哪儿？他在哪儿？

问妈妈，
“陪我看礼花？”
“乖，妈妈忙，妈妈今天要备课。”
妈妈坐在电脑前，背对着我，回答。

找爸爸，
“陪我看礼花？”
“乖，爸爸忙，爸爸今天有事情。”
爸爸在电话那头，对着我的耳朵，抱歉。
我那过节的兴奋，
一下子变得无影无踪。

阳台上，
只见一个人的身影，
无精打采地趴在栏杆上。
仰着头，
看月亮，月亮笑了，
笑得那样灿烂，像在说：“我陪你，我陪你！”

中国的辫子

周泽锴

中国，
是个爱美的姑娘，
两条漂亮的辫子——
长江和黄河，
梳得好别致，
一个弯弯曲曲；
一个绵绵长长。

看过这两条辫子，
就忘不了，
中国的样子。

（指导教师：任小霞）

假如我是一棵小草

张　艳

假如我是一棵小草，
我愿生长在贫瘠的山冈，
为光秃的山岭披上绿装，
让孩子们天天在我身上嬉戏成长。

假如我是一棵小草，
我希望能在秋季生长，
和匆匆赶路的人们聊聊知心话，
让他们感受生命的顽强。

假如我是一棵小草，
我愿扎根在黄土高原，
用身体阻挡水土的流失，
让黄河变得清澈见底、鱼儿欢畅。

假如我是一棵小草，
我愿世世代代同荒漠做斗争，
用我顽强的毅力和生命，
再现“风吹草低见牛羊”。

假如我是一棵小草，
我愿意尽我的一切力量，
让大地处处披上绿装，
点燃人们对美好生活的憧憬和渴望。

（指导教师：陈冬梅）

微风里的思念

张梦园

哼着小曲，
你轻轻地来到我跟前。

微风，你从南方来，
快告诉我，
四川的小朋友，
在那新建的楼房内，
可曾感受到我们的祝福和思念；
广东的小朋友，
可曾走出飓风过后的恐慌。

微风，你从北方来，
快告诉我，
内蒙古的小兄弟姐妹，
是在与黄沙奔跑，还是能安心上课？
松花江畔的雾凇，
是否已垂挂满江边。

微风，请捎去，
我对小朋友的思念！

（指导教师：王洪吉）

如 果

高署云

如果
祖国是一棵大树，
我就是
一片小小的叶。

如果
祖国是一本书，
我就是
一个小小的字。

如果
祖国是夜晚星空，
我就是
一颗小小的星。

如果
祖国是个大花园，
我就是
一朵小小的花。

（指导教师：任小霞）

气　球

付建云

一个圆圆胖胖的气球，
在空中玩耍。
小鸟啊，
你不要去啄它，
它不是苹果；
也不是桃子。
你不要破坏了，
它去高空旅游的梦想。

（指导教师：张守刚）

最远的山，最初的梦

郑　靖

十月伊始，
欢呼的城市。
那些鲜亮红色的红领巾随着歌唱举起手，
在街道间鱼贯而动、畅行无碍。
那些安宁的繁华持续蔓延，
照亮离心最近的梦境。

在这特别的时刻，
你是否因为看见漫天的烟花，
学会了感恩，
然后学会幸福？
从口口相传的，
那些有关战火与热血的故事情节里，
学会憧憬和纯粹的信念？
学会想念远方的时刻，
给爱更饱满更清晰的轮廓。

爱的疆域有山，
梦的中央，
红色鲜亮的旗在飘。

盼望有一天，
我们插上了知识的翅膀，

升帆起航，
建设伟大祖国美好的明天！
展望这最远的山，
寻找那最初的梦想。

（指导教师：李青）

写给母亲的歌

李可馨

鱼儿没有大海就不能嬉戏；
鸟儿没有蓝天就无法飞翔。
您就是我的大海与蓝天，
是您给了我自由与快乐。

我爱您就像鱼儿爱大海，
我爱您就像鸟儿爱蓝天。
我的快乐是您脸上浅浅的笑容；
我的痛苦是您眼里深深的忧伤。

我多想化作一阵清风，
抚平您脸上的每一条皱纹；
我多想变身一道彩虹，
灿烂您岁月里的每一个瞬间。

（指导教师：陈英玉）

我是一只小小小小鸟

曹 杰

我是一只小小小小鸟，
等待着——
羽翼的丰满。
轰轰烈烈地，扑进万里晴空：
与太阳嬉戏，与云朵欢笑——

我是一只小小小小鸟，
渴望着——
生活的美满。
兴高采烈地，鸣唱美好的春天：
与万物做伴，与宇宙同行——

我是一只小小小小鸟，
期盼着——
美好的明天。
充满自信地，接受自然的考验：
成功属于我，失败踏脚下——

我是一只小小小小鸟，
等待羽翼丰满，
期盼美好明天。
我是一只小小小小鸟，
充满自信，
充满希望！

（指导教师：张瑞霞）

你在天堂还好吗

安恬田

当雪花纷飞，
我安然入睡。
你依然在痛苦中煎熬，
那雪花片片，
没有一片能擦去你的痛楚。

当圣诞的铃儿清脆地摇响，
我沉浸在圣诞礼物的喜悦中。
你，做梦才能得到幸福，
再美丽的铃声，
也唤不回你久违的幸福。

当摇曳的蜡烛为我们送来新年的祝福，
我尽情地玩耍。
不用担心爸爸的责罚，
也不用在寒冷的冬天卖火柴，
那笑容，多甜！
那笑声，多悦耳！
而你，只剩梦醒之后，又厚又冷的墙壁。

当欢快的钟声敲响，
当一颗星星坠落，
当唯一疼你的奶奶出现，

当你的生命走向终点，
是谁剥夺了你本该拥有的一切？

淅淅沥沥的雨点，
那是你的泪吗？
灰蒙蒙的天空，
那是你的脸吗？

卖火柴的小女孩，
你在天堂还好吗？

（指导教师：檀鑫超）

第四部分

生活彩虹舞

合上书，我仰望天空，那儿有一只风筝在空中自由地翱翔。我喃喃细语：“让我为你追风筝吧。”

为你，千千万万遍。

——谢瑾凌《为你，千千万万遍

——<追风筝的人>读后感》

圆

秦童言

圆，世界上最美丽的图形。它的与众不同，让它无可争议地成了美学中最美的图形。

我喜欢圆！从小，我就喜欢它，拿圆规画一个个大大小小的圆，涂上红色或蓝色，就成了太阳或地球的幼稚微缩。

长大后，我依然爱圆，就连信手涂鸦画的都是圆，“重重叠叠上瑶台”似的在长方形纸上找到位置。然后用黄、红、蓝之类或冰清或艳丽的颜色涂来涂去。美啊！

看啊，圆不仅仅出现在平面，在生活中，处处也有圆。例如我的同学——小小，就是一个美丽的圆。校长的话，对！老师的话，对！家长的话，对！不对的也是对的。她是一个圆，一个没有棱角、没有思想的圆。其实，若干年前，她不是圆，而是一个菱形，一个棱角突出的菱形。但是，老师和父母就像一把锉刀，磨去了她的一切思想。

“小小可真乖。”街坊邻居的赞美可没少听。小小听到后，也只是微微低下头，小心地一笑。这便是大人眼中的“乖”，我为她可悲，也为自己可悲。

我也是一个圆哪！只是没有小小圆。我是一个长了刺的圆。多少次，按自己的思想去做，多少次又被无情地驳回。我敏感地发现：身上的刺被一根根地拔去。我不要成为圆！但在圆的世界里，我却“必须”成为圆。不愿意，又怎样？

“圆身上有刺。”如果被发现，将多么可悲！先是用一把锋利的镊子拔去刺，再用一把锉刀，狠狠地磨平身上的伤口。一片圆的世界里，我是那样地孤独。老师的话，错了；家长的话，错了。就算我纠正过来了，也知道只是一个证明：圆，不是我；我，不是圆。

“其实，做圆很简单。”小小温顺地说，“老师、家长，只要出自他们之口，就是对的。抱着这个观点，试试看吧。”

我不理她。

“何苦呢？”小小说，“不就是远离你自己的思想吗？不做圆，你自己迟早也会成为圆。”

再见了，刺！虽然我爱你，我却无力挽留你。不是不想，不是不能，而是我“必须”成为圆，成为一个“美丽”的圆！

“圆身上没刺了。”多欣慰的话，我宁可不要！刺，再见。如果有一天，世界上不再只有圆，我一定会找回你的！

（指导教师：张杰）

一碗蛋炒饭

姚胜景

一个雷电交加的夜晚，弟弟体温突然升到39℃，正在厨房干活的妈妈二话不说就拉着弟弟上医院了。

我做完作业，无聊地欣赏着电视节目。七点，七点半，八点……我无奈地看了看时钟，“妈妈怎么还没回来？”我自言自语道。这时，就连我的肚子也开始唱“空城计”了。我把家里翻了个底朝天，也找不到一点儿吃的。望着窗外，风雨交加，我心想：至少有个人来陪陪我也好啊！

门突然开了，原来是邻居张阿姨，我飞奔着冲了过去。张阿姨亲切地说：“小景，妈妈还没有回来，一定饿了吧！来，上我家吃点儿东西吧！”

“不用了，不用了！我不饿！”我连声推辞。

她想了一下，眼睛一亮，一言不发就走了。

不一会儿，门又开了，张阿姨手里端着一碗热腾腾的蛋炒饭放在我面前，一边笑着说：“早就知道你饿了，再不吃我可要生气了！”早已饿扁的我再也禁不住那诱人的香味，立刻狼吞虎咽地吃起来，短短一会儿的工夫，那碗便“干干净净”了。张阿姨顿时眉开眼笑地说：“这就对了！”我也难为情地笑了起来。

最后，我在张阿姨的“连哄带骗”中进入了梦乡。

就这样我过了一个寂寞而又温馨的夜晚。

第二天，张阿姨为我精心准备了早饭，还告诉我：“小景，你妈妈来电话说弟弟住院了，过几天才能回家。”我一听，鼻子酸酸的，不禁放声大哭。张阿姨停下手中的活说道：“哭什么呀？不是有张阿姨吗？”我好不容易才平静下来。望着张阿姨温和的脸庞，我心里暖暖的。

那几天，张阿姨无微不至地关怀我，给了我胜似亲人的爱。几天后，妈妈带着活蹦乱跳的弟弟回来了，对张阿姨万分感谢，但张阿姨却说："不客气，不客气，我们是邻居，互相帮助是应该的。"

（指导教师：卢凤爱）

闪光的义工证

李 婕

每当我看见被我珍藏在书桌角落的义工证，我就想起了那位义工姐姐……

有一次，我到图书馆看书。到了傍晚，我该回家了。可是，在回家的路上下起了大雨，可我又没带雨伞。情急之下，我站到了一间店铺的屋檐下躲雨。本以为雨很快就会停的，没想到却越下越大。站着站着，我竟然打起了盹儿。

不知过了多久，我隐隐约约地听到有人在叫我："小妹妹，小妹妹！"我睁开眼睛，看见眼前站着一位姐姐。我立刻清醒过来，小心翼翼地问道："姐姐，您……您有什么事情？"那位姐姐笑了，说："我已经经过这里几次了，看你还是站在这里，应该是雨太大回不了家。我送你回家吧。"我心想：不会是人贩子要拐骗儿童吧？所以我立刻摇摇头说："不用了，我还是站在这里等吧。"那位姐姐似乎读懂了我的心，便说："害怕我把你骗了吗？不用担心，我是义工，不会骗你的。"说着，她出示了她的义工证。我看了之后，胆怯地说："那……那好吧。"义工姐姐给了我一把伞，就和我走出了那间店铺。

在回家的路上，我好奇地问她为什么要去做义工。她想了想，说："我觉得帮助别人是一件很快乐的事情。"接着，她又向我介绍了自己当义工的有趣经历。但是，当我低下头看路时，我忽然发现：那位姐姐走路时是一跛一跛的！我惊奇地问道："姐姐，您的腿怎么……"她立刻回答道："哦，刚才在来的时候不小心滑了一跤，没事的。"姐姐依然笑着，但是泪水却模糊了我的眼睛。泪水流淌在脸上，和打在脸上的雨水混合在一起，分不清是泪水还是雨水。

不知不觉，我到家了。那位义工姐姐对我说："你一定要加入义工，我等着你！”我擦干了脸上的水，对她说：“一定的！姐姐，谢谢您！”“不用谢了，快点回家吧！”说完，那位姐姐又走进了雨中。

后来，同学们看见了我的义工证，很奇怪，便问我：“你为什么要去做义工呢？”我笑了笑，并没有回答他们，因为我要把这个秘密埋在我的心里。

每次看到这张义工证，我就想起了那个雨天，那位义工姐姐，那张——闪闪发光的义工证……

（指导老师：卢凤爱）

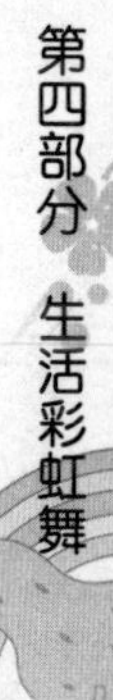

窗外，那个人

曹浩辉

关爱就像冬天里的一杯醇香温暖的咖啡，就像炎夏中的一碗清爽冰凉的柠檬茶，带着诱人的香味，化解了所有的委屈、无奈与悲伤！

在我家窗台外有一条笔直的公路，路口边有个流浪儿在那里“安营扎寨”。他的脸被太阳晒得黑里透灰，这个只有十三岁的少年，却枯槁得像三十岁的中年男子。听邻居讲，他因天生残疾，被父母遗弃。一直以来，风吹雨打，日晒夜露，天为被，地为席，他只得在公路那块角落栖身。他似乎从没笑过，也不曾哭过，眼睛盯着路上往来的行人与车辆，脸上一片茫然，显得十分可怜与失落。

有几次放学路过，我看见他拖着残腿在地上爬行，看着他那咬着牙、绷着脸的痛苦神态，我心里震动了：“也许我可以帮助他，给他送些食物，给他几件衣服！”

星期六那天，难得的好天气，难得的好心情。我捧着一碗可口的饭菜，来到路边找他。第一次这样近距离地看着他，真觉得恶心，破烂的衣衫，散发出阵阵怪味儿；笨拙的手脚，一直裸露在外的脚骨头。不知何等勇气支撑着我，让我走近他：“你好，哥哥，你饿吗？吃饭吧！”他望着我，一言不发。“吃一点儿吧，我特地给你送来的！”我真诚地说。“可从来没人对我这么好。”他沮丧地说。“至少我觉得你很坚毅。”我看着他，把碗递到他面前。“谢谢！”他似乎饥肠辘辘，接过碗就狼吞虎咽、风卷残云起来，一会儿，一大碗饭就被他吃了个精光。

“其实你可以自力更生啊！”我对他说。

“可我这样，能做什么？”他答道。

“你……”我迟疑了一会儿，“你可以去捡易拉罐啊。”

“可是……可我没工具。”

我拿出自己的零用钱："这里有20元，你去买工具吧！"说罢，把钱递给他，便走了。

过了几天，我又一次站在窗户旁向外眺望，无意中看见他背着一个竹篓，边捡易拉罐边艰难地爬行着。

如今，他对生活充满了希望与期待，不再需要别人的施舍与同情。一种喜悦，一种快乐油然而生，望着他远去的背影，我，莞尔一笑……

（指导教师：谢惠婵）

今天，我不想回家

赖慧灵

也许是太阳公公的安排、月亮姐姐的关照，我那强烈的“要回家”的愿望今天终于达成了！

“丁零零……”电话响了，这个寒假被送到妈妈的好友陈阿姨家暂居的我连忙拿起电话，一个熟悉的声音传来，我激动地说：“爸爸，你来接我了？”“是的！一个小时后，我来接你回家。”爸爸回答。这时，别提我有多高兴了。

“小灵，做运动的时间又到了！”陈阿姨微笑着，把跳绳递给了我。

“奇怪，阿姨都知道我平时不爱运动只爱看书，今天我都要回家了，还要我做运动？”我接过绳子，心里想。

“来，不会耽误你很多时间。一分钟跳绳，我帮你计时！”陈阿姨微微一笑说。

“准备好了吗？……开始！”陈阿姨喊道。我甩起绳子，马不停蹄地跳着，时间一秒一秒地过去，仍未听见“停”的叫声，我快撑不住了，脚步慢了下来。我气喘吁吁，心里嘀咕起来：“为什么陈阿姨总是揪住我的运动不放？平时总是出去散步，晒太阳，打羽毛球……”

“阿姨，我……我确实跳不下去了……”

“停！”陈阿姨望着我上气不接下气的样子，又说，“你跳了几下？”

“六……十九……”

“你太缺少运动了，平时弱不禁风脸色苍白的，这怎么行？你得注意身体。”陈阿姨说着，边把手伸了过来，握着我的手：“看，现在你的手暖和和了。”

“让我们来做一下早操，你就不会那么累了！”停了一会儿，陈阿姨又提议说。“不过，其实我也不会做，你来当我的老师，我跟你学！”陈阿姨尴尬地补充道。

我点点头，一边数着节拍一边专心致志地做着踢脚、伸直、弯腰，此时我的余光看到陈阿姨——只见她正微笑着，好像为能变着形式让我锻炼而高兴……

“叮咚！”——爸爸接我回家了！我用期待的眼神望着陈阿姨。陈阿姨会意了，便帮我收拾好书包，欢送我回家。看着忙碌的她，我的心弦被触动了，有一点儿不想回家的感觉。

“路上小心，要不要我送你下电梯？”陈阿姨关切地问道。

“不用了，谢谢您，陈阿姨！”

我挪移着回家的步伐，走到电梯口，我不禁打了一个冷战：原来已是万家灯火的时候了。我本来就是一个胆小的小女孩……

这时，背后传来了陈阿姨熟悉的声音：“不用怕，我送你下电梯吧！”我一听，好像有了救命仙草一样，那怦怦直跳的心平静了下来。在电梯里，陈阿姨还不停地吩咐我要注意添衣，平时要多加锻炼……

电梯下到了楼底，阿姨与爸爸小声嘀咕了一会儿，我隐约听到好像让爸爸给我多煲什么汤，加强锻炼什么的……这时，我的眼睛模糊了，好像这不是阿姨，而是……

我依依不舍地告别了陈阿姨，坐上爸爸的摩托车，回家了。

说真的，今天我不想回家……

（指导教师：卢凤爱）

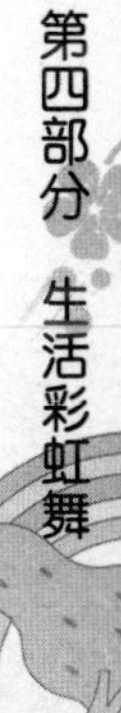

一个愚人在愚人节的愚蠢想法

张钰炘

今天是愚人节，在这个充满幽默的节日里，我这个“低智商”的人却充满了种种幻想，不停地做着一个个“黄粱美梦”。

我想用自己的善良感动别人，用自己的美德感染别人，用自己的高尚感化别人。因此，我努力学习，见贤思齐，尽管我的努力还没有达到预期的效果，可我仍在孜孜以求，坚信自己终会有一天能够如愿以偿。

我想与身边的人和睦相处，不论他们怎样对我，我都会本着“和为贵”的原则，不在背后说别人的坏话，不做对不起别人的事情，不坑害别人。同时也会真诚地想别人也这样对待自己，希望别人也像自己一样善良，也像自己一样单纯，也像自己一样真诚。大家都能进行换位思考，这样，我们就会创造出一种和平、和睦、和谐、和气的氛围。

我想让每一个人都能认识到破坏环境的严重性，让他们明白自己的这种行为无异于自掘坟墓，让他们别再急功近利，让他们明白唇亡齿寒，让他们能够淡泊名利，让他们的眼光能够放远一点儿，让他们的心胸能够开阔一点儿，让他们的大脑能够聪明一点儿。

我想让这个世界再也没有战争，黎民百姓再也不用受干戈之苦，再也不用担惊受怕，再也不用流离失所，再也不用妻离子散，再也没有国破家亡。大家都能安居乐业，国泰民安。

我想让贫穷永远消失，所有的人都能丰衣足食，生活中不再有饥饿的人，不再有穷困潦倒的人，愿大家人人有饭吃，人人有衣穿。愿人人都不会因贫穷而奔波劳碌，人人都不会因贫穷忧愁困苦，人人都不会因贫穷而生恶念歹心。

我想让所有的自然灾害都消失，地震、海啸、洪水、干旱、雪灾、冰雹、龙卷风等不再危害人类，不再威胁人类，不再为难人类。我想让生活一片安宁，我想让社会充满和谐，我想让世界充满阳光。

这就是我——一个痴人的梦想。

（指导教师：李俊平）

蹦极，让我成长

陈俊羽

每到傍晚，平静了一天的天鹅广场就热闹起来，四周彩灯交织闪烁，音乐响起，广场舞会开始了。大屏幕里播放着精彩的电影，引来许多散步的人们前来观看。在广场的东南角，有一个蹦极处，那可是我的最爱。

记得第一次听到“蹦极”这个词时，我还不知道是怎么个玩法，赶紧要爸爸带我来到蹦极处看个究竟。只见小朋友双手抓着细长的弹力绳，上下跳跃着。他们有时像雄鹰展翅，有时像海浪翻卷，多么自由自在呀！我看呆了，心里也痒痒起来，真想上去试一试！

好不容易排上队，我终于踏上了软软的海绵气垫。工作人员帮我系好了安全带，我的心也悬了起来，脚尖轻轻一点，双脚“嗖”的一下就离开了气垫，我像一只小鸟向上飞去。我真高啊！快高过两层楼了。不好！我忽地停下来，身体似乎也不受控制了，还左右摇晃起来。我慌了，发出“呀呀”的声音，为了掩饰，我嘴上说着“真好玩”，可心里却怕得要命。随着绳索慢慢放松，我开始向下降，我的心也跟着落下来，可是越降越快，我的心又提到了嗓子眼。我害怕极了，再也忍不住了，就吓得喊起爸爸来，爸爸连忙一把抓住我，让我暂时休息一会儿，叫我别怕，要战胜自己。

当我的双脚一挨到软垫子，我的心立刻有了着落，一点儿也不紧张了。我抬头望了望那些开心蹦着的小孩子，心想：难道我还不如他们吗？我真为自己的害怕而羞愧。不行！我要再蹦一次。于是我叫爸爸放开我，开始了一次全新的冒险。

我双手紧拉绳子，心里暗暗说：我不用怕！我全副武装，一不会掉下来，二不会撞到铁杆上，只要平均用力，一定会成功。我屏住呼吸，双脚轻轻一点，身体立刻腾空跃起，耳边的风声呼呼直响。抬起头，我看见了夜色弥漫的天空中，几盏孔明灯正向高空飞去。脚下的气垫旁，有几个小孩子正望着我，他们一定在羡慕我吧。我一会儿就飞到了最高处，然后往下落，快挨到气垫了，脚尖一点，我又腾空而起了。啊！这一上一下，感觉还真不错，其实蹦极也没那么可怕嘛，可我刚才怎么会吓成那样呢？肯定是我一开始就被自己吓倒了。我忽然明白，今后遇到困难时，一定要像这次蹦极一样，首先战胜自己，克服困难，才会成功。

听爸爸说，还有一种蹦极，是在悬崖峭壁边，底下是蓝蓝的湖水，人系好安全带后，像小鸟一样俯冲下去。那到底是怎样的感觉呢？我真想长大以后能够去试一试，挑战自己，战胜自己！

（指导教师：王玉琼）

马路欢歌

马 悦

那是上个星期天的傍晚，我和爸爸骑着摩托车一起去逛街。傍晚的马路上，大大小小的车辆来回穿梭着，就像一条欢快流淌的“小溪”。

我们的摩托车行到新华路的一个十字路口时，爸爸突然将摩托车熄火停了下来。我正感到莫名其妙时，爸爸却用手指了指前面。哦，原来是一个手拄拐杖的盲人爷爷正在横穿马路。只见他先把拐杖伸向前面的地面上东点点、西探探，等到确定没什么障碍，才小心翼翼地迈出了脚步。“哧——”的一声，对面马路上的一辆大货车急促地停下了飞驰的车轮，紧接着，一辆小轿车也在对面戛然而止，南北两边的人行路上，电动车也急忙停了下来……一瞬间，原本热闹的马路忽然变得安静下来。

一步、两步……盲人爷爷不紧不慢地向前探着，走着；三辆车、四辆车……像是有人无声地指挥着；摩托车、小轿车、大货车都不约而同地停了下来，没有一声“嘀嘀”的喇叭催促声，这里的世界突然奇迹般地变得寂静。这时从东边的路上走来了一对母女，那个小女孩大约六七岁，扎着两个羊角小辫儿，只见她连忙挣脱妈妈的手，飞快地跑到马路中间，扶着那位盲爷爷，慢慢地走过了马路……车笑了，路笑了，所有的人都笑了。

“小溪”又欢快地流淌起来，刚才的一幕仿佛从来都没有发生过，可那短短的一刻却会永远成为我记忆中最美的永恒。

（指导教师：赵军）

为你，千千万万遍

——《追风筝的人》读后感

谢瑾凌

这是一个追风筝的男孩的故事。友情、赎罪、战争、爱与恨……这本书包含了太多的元素。

这个故事发生在阿富汗的首都喀布尔。富家子弟阿米尔和仆人哈桑情同手足，然而，在一场风筝比赛中，哈桑为他追风筝，被人欺负，阿米尔眼睁睁地看着，他没有像哈桑无数次为他那样挺身而出，而是跑开了。他无法面对哈桑，于是用计逼走了哈桑。不久阿富汗爆发战争，阿米尔被迫与父亲逃亡美国。阿米尔始终无法原谅自己当年对哈桑的背叛。成年后的他再次回到故乡，却从爸爸的好友口中得知了一个惊天秘密，哈桑竟然是自己同父异母的兄弟。为了赎罪，他把哈桑的儿子带到美国。在公园的一次聚会上，阿米尔再次放起了风筝，为哈桑的儿子追风筝……

作者卡勒德·胡赛尼讲述的是一个“残忍而美丽”的故事，它是虚构的。但是我一度认为是真实发生过的事。因为它里面，没有“为赋新词强说愁”的矫揉造作、无病呻吟，也没有刻意堆砌的华贵雍容的辞藻，更像是一个人在用平淡的笔调，讲述他经历过的事。没有幽默与搞笑，没有许多大道理，没有许多动人心弦的长句，没有许多语气强烈的感叹句与问句，它与众不同。

这本书在结构上也深深令我着迷，故事讲述一气呵成，层层叠叠，作者好像用文字铺展了一条扑朔迷离的小道，我顺着脚下的印迹，慢慢地走着，渐渐融入进了情境；拨云见雾，眼前呈现的又是截然不同的另外一番景象，我进入了一个新的世界。作者独具匠心的设计让人读起来欲罢不能，惊天秘密的揭开更是“情理之中，意料之外”。

看完这本书，我更像是做了一个长长的梦，合上书，从那个惊心动魄的世界里醒来，心中思绪万千。

我读了书中附的许多国外知名报纸、杂志的书评，他们好像都在关注作者所写的他的故乡——阿富汗。作者爱自己的祖国，从那字里行间，我能感觉得到他对祖国的爱。阿富汗给他留下了太多太多：人性、罪恶、愧疚、救赎。

我最喜欢的，是这一句话："为你，千千万万遍。"这句话从那个善良的兔唇男孩的嘴里喊出，我被深深地打动了。一个普通的、卑微的小男孩，没有人看得起他，包括阿米尔，可他仍是那么善良，为阿米尔承担罪责，为他挺身而出。阿米尔是被社会承认、合法的那一半，但哈桑才是继承了爸爸的性格的那一半。当最后，阿米尔对哈桑的儿子索拉博说出这句话时，我突然有种泪流满面的冲动，他终于为哈桑的儿子追风筝了，就像哈桑千千万万遍为他一样，不是吗？

我想到了鲁迅先生写的一篇文章《风筝》，说的是"我"认为风筝是没出息孩子玩的，不准小兄弟玩，还破坏了他偷偷做的风筝骨架。当"我"日后发觉这是对小兄弟精神的虐杀时，去找他以求宽恕，可小兄弟早已全然忘记，更别谈怨恨了。这和《追风筝的人》有些许相似，同样是手足，同样是伤害，而小兄弟和哈桑日后也同样忘却了这事。鲁迅写完便无下文了，而《追风筝的人》不一样，阿米尔还要继续追风筝，他要赎罪。

风筝寄托了阿米尔深深的罪责感与愧疚感，他的人生就像断了线的风筝，哪怕已经飞走，往事已经过去，他还是要踏上那条"再次成为好人的路"，追到那只风筝。风筝里住着一个惶恐不安的小男孩，在为自己以前的行为后悔。阿米尔追到了，他用行动追到了风筝，补全了自己，成了他心中期望的那个勇敢的阿米尔。

合上书，我仰望天空，那儿有一只风筝在空中自由地翱翔。我喃喃细语："让我为你追风筝吧。"

为你，千千万万遍。

（指导教师：邹甜）

在地铁上

佐伯千绘

一个周六，我考完三星英语，和舅妈一起乘地铁四号线回家。

上了地铁没多久，就听见一个声音："给我一点儿钱吧！"我扭头往车厢另一边望去。那是一位阿姨，不高不矮，有点瘦，皮肤晒得很黑，显得十分苍老。她的背上还趴着一个熟睡的小孩。

她躬着身，慢慢地挪动脚步，向我这边走过来。她对和自己擦肩而过的每一个乘客都晃动着手里的杯子，不停地说着同一句话："给我一点儿钱吧！"只是那些乘客们都无动于衷，没人理她。也许他们都觉得，这一定又是一个善于伪装的骗子。终于，她来到了我的面前。我觉得她很可怜，目不转睛地看着她。舅妈看出了我的心思，就问我要不要给她钱。我没有回答。那位阿姨用恳求的眼神望着我。虽然我的心里充满同情，可不知为何，我的身体就像变成了泥塑，只是呆呆地望着，就是鼓不起勇气伸手掏钱给她。"哪怕一个硬币也好啊！"我心里仿佛有个声音。她见我没反应，只好转身离开，继续向别人乞讨去了。

看着她远去的背影，我的心里酸酸的，不禁自责起来。刚才是怎么了？为什么不给她钱呢？就算别人总是说地铁里的乞丐都是骗子，可是眼前的阿姨确实很可怜呀。我正这么想着，地铁到站了。现在想给也没机会了！我满怀歉疚地跨出了车厢。

到了站台，我回头望向车窗，那位阿姨还在车厢里穿梭着，还是没人往她的杯子里放入哪怕一枚硬币。望着她徒劳的背影，我的心里难受极了。

这一幕，就这样深深地烙在了我的心里……

（指导教师：宋雪蕾）

红糖水之谜

王　柯

我终于注意到：教室南边第一个窗台上，每天早晨总会放一瓶温热的红糖水。

这是谁放的？为什么要搁在这儿？我坐在座位上开始了推理。首先我观察了一下，离红糖水最近的地方坐着小胖和阿东。很可能是他们其中一个人的。再者，红糖水是用来暖肚子的，他俩谁会用呢？我决定靠自己的观察和分析得出答案。

第二天早上，我早早来到了教室，专门候在楼梯口，结果发现门口小卖部的刁爷爷用胳肢窝夹着个瓶子匆匆上楼来，他把瓶子放在窗台上，还伸长脖子望了望小胖摆在课桌上的作业本。

我忍不住问道："刁爷爷，这红糖水是您送给小胖的吧？"

刁爷爷一愣，随后一五一十地告诉了我。

原来，小胖父母离异好几年了，他妈妈常年在外地打工。刁爷爷可怜他无人照料，便经常对他嘘寒问暖。以前刁爷爷每天早上都要给小胖送一包烫好的酸奶。没料想这小子喝牛奶不消化，现在便改送红糖水了。

（指导教师：赵学潮）

番茄灯笼

顾　馨

用甜、蜜、香、美都无法形容我对这道菜的感觉。认识这道菜，是那年的除夕，家家挂起了红灯笼。而我那时还小，面对一大桌子的山珍海味，我却唯一青睐那道拌番茄，吵着嚷着要独吞掉。

到现在，我依然喜欢倚在厨房的墙角，观看妈妈制作这道菜的过程：将两个圆滚滚、红通通的番茄洗干净，放在玻璃盘里备用，然后再把黄瓜、胡萝卜、黑木耳洗净，都切成小碎丁放在碗里。用沙拉酱或炼乳拌匀，最后将番茄的顶部用消毒过的刻刀，按一圈，均匀地刻成锯齿样的花纹，把里面掏空，做成番茄灯笼，最后将搅拌好的黄瓜等配料，按一定比例倒入两个番茄灯笼内，盖上灯笼盖，一道美味无比的番茄灯笼便大功告成了！

看着这诱人的美味，我的手指都不听指挥了，竟情不自禁地掀开“灯笼”盖。用手指头蘸蘸炼乳，轻轻地吸吮，任那甜丝丝的感觉，在唇舌之间漾开，然后周流全身。红红的番茄像两盏红灯笼一样，让那一年过节的气氛又回来了。可爱的番茄叶，绿绿的，像它的小帽子，高高挂在头顶。我猜想，它一定为有这个小帽子而感到骄傲吧。

我用勺子舀起放嘴里，用牙齿细细地咀嚼，让它的所有味道流入心底。它使我在童年体会到了甜蜜。

（指导教师：瞿卫华）

熟悉的陌生人

杨岳洋

自从开始认真写博，我认识了很多网友。

刚认识翔妈时间不长，一位编辑选上了我的一篇文章，并发来小纸条，让我修改稿子，时间很紧，第二天就要交稿。正巧那天晚上我要去上英语课，妈妈晚上有事，语文老师也不在线。

心急如焚的老妈在QQ上无意间与翔妈聊起了这事，翔妈果断地提出要帮我修改那篇作文，我和老妈就像找到了救星，忙把原稿发给翔妈。

时间在一分一秒地过去，当我上完课快写完作业时，翔妈把修改好的文章发给了我们。

她修改得是那么仔细，把每一个需要修改的地方都用括号括了起来，再用红体字修改。她在保留原稿风格的同时，还顺着我的思绪，丰富了文章的内容。

她修改得是那么认真，把每一个错字、每一个用错的标点符号，和一些语气助词都帮我细细地改了过来。

看着那红色的字体穿插在我的原稿中，感觉翔妈手指滑过的地方，我那小小的文章变得更加生动了。我心中的感动在一点点扩大，一股暖流从心中涌出。

她只是我们的一个网友，我还不知道她的真实姓名，也不知道她长得什么样。即使在路上遇到，也只会擦肩而过!

但正是这样一位熟悉的陌生人，认真仔细地对待我的文章，以她的热情无私地帮助了我。我只知道她的笔名叫翔妈!

（指导教师：王君）

我就爱看动画片

王博宇

朋友，不知你是否尝到过被父母“囚禁”的滋味，我可算是饱尝了被“囚禁”的烦恼。

我很喜欢看电视，尤其爱看动画片《艾斯奥特曼》，可是家里没有动画片《艾斯奥特曼》的影碟，我简直都要急疯了。

平时，妈妈连电视都不让我看，更不用说看动画片了。

有一天，我待在家里很无聊，忽然灵机一动，要不到邻居徐宫瑾家去看动画片吧。我心想，怎样才能闯过妈妈那一关呢？我想了好一会儿才对妈妈说：“我写完作业了，我想去徐宫瑾家玩一会儿。”妈妈没有像往日那样严厉，毫不犹豫地答应了我的“请求”。

我和徐宫瑾在外面玩了一会儿，心想：逃出来的主要任务是看动画片呀！怎么能浪费时间呢！说着我们立刻上楼看起了动画片《艾斯奥特曼》。这下可解了我的“馋瘾”，我们把动画片《艾斯奥特曼》看了个够。我简直就像一只出笼的小鸟，在天空中自由自在地飞翔。我好像几辈子没看过动画片似的，眼睛直勾勾地盯着电视的屏幕，就连徐宫瑾跟我打招呼，我都没听见。每当奥特曼在电视屏幕上出现的时候，我好想跟他握手……

看够了动画片，我尽兴而归。可是我却因自己骗了妈妈心里一直很沉重。心想：虽然自己享受了动画片带来的快乐，可心灵上的谴责，我怎么也承受不了。唉，都怪自己爱看动画片啊！

（指导教师：姜广生）

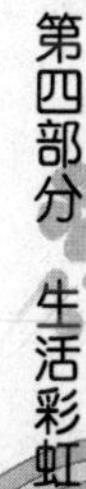

扎风筝

黄　炎

“草长莺飞二月天，拂堤杨柳醉春烟。儿童散学归来早，忙趁东风放纸鸢。”现在正是草长莺飞，风和日丽的春天，也正是放风筝的大好季节。

星期天的早上，我和小伙伴去田野玩，老远就看到天空中飞舞着各式各样、五颜六色的风筝，有翩翩起舞的彩蝶，有拖着长尾巴的蜈蚣，有穿着花衣裳的小燕子……千姿百态，将晴朗的天空点缀得分外美丽。我怔怔地看着，心想：如果我也有一只美丽的风筝，那该多好啊！

我马上飞奔回家，央求妈妈给我买一个风筝。妈妈沉思了一会儿，说：“买来的不好，容易被风吹破，还是自己扎吧。”我的心一下子凉了大半截，“自己扎多费事，而且我又不会扎，再说自己扎的也没有买的好看。”妈妈语重心长地说：“自己动手扎的，放起来才有意思。才能体会到劳动创造了美。你不会扎没关系，我来教你，不难！”

我眨巴了一下眼睛，觉得妈妈说得有道理，便说：“那您就教我吧！”妈妈问我：“你想扎个什么样的？”我想了想便说：“扎个五角星吧，要红色的。红星闪闪放光彩，红星灿灿暖胸怀……”我一边说，一边学着潘冬子的样子放声高歌起来，逗得妈妈哈哈大笑。

我和妈妈找来了扎风筝用的竹条、纸和糨糊等，便开始动手扎了起来。妈妈当技术指导，我来动手。妈妈叫我用五根细竹条摆成了一个五角星的样子，然后我俩一起动手用细线扎结实竹条。框架扎好了，就该糊红纸了。我把竹条挨个儿都涂上了糨糊，然后将红色的纸糊在框架上。接着，又在五角星的五个角的顶点系上了五根等长的线，再把五条线系在一起，拴上放飞线。就这样，一个“五角星”风筝在我手中“新鲜出炉”了。看着面前的风筝，我总觉得还少了点什么。于是，我用彩笔在风筝上画了一只和平鸽。妈妈看了，还一个劲儿地夸我有“艺术细胞”呢。我也为自己的“灵感”而感到喜滋滋的。“劳动创造美”，这话说得没错。

我迫不及待地想检阅一下自己的劳动成果，让我美丽的五角星和和平鸽一起飞向天空。

我和妈妈来到田野，这时人似乎更多了。妈妈擎着风筝，我拽着放飞线往前跑。一阵和风吹过来，妈妈手一松，风筝便徐徐地飞上了蓝天。它载着我的梦，在碧蓝碧蓝的天空尽情飞翔。

（指导教师：刘丽丽）

我爱看书

田　鑫

有人说过：“书是人类进步的阶梯。”“书是人类的灵魂。”我认为书是能让人开心的精神食粮，说实话，我爱看书没有任何理由。

书，有益。一本书能让你受益匪浅，从中弄懂许多不解的知识，还能扩大知识面……

书，有趣。一本好看而又有趣的书，能让你忘记烦恼，让你享受书赐予你的快乐……

我看书，认识了多少伙伴：海的女儿、白雪公主、七个小矮人……它们都在书中跟我玩耍。

我看书，结识了多少老师：鲁迅、冰心、老舍、叶圣陶……他们无时无刻不在激励着我前进。

我的爱好很多：羽毛球、乒乓球、跳绳……但都抵不上我坐在小书橱旁，一页一页地翻着书本、津津有味咀嚼知识的时光。

有人说，电视不一样播出了许多书本的影片吗？可你们不知道，书比电视影片更详细。倘若你看完一本书，再看电视影片，你记住的往往是书本广博的文字。

书，成为我生命的一部分。我吃饭、走路，连上厕所都离不开它。它是我的心、我的肝、我生命的四分之三，不！生命的全部！现在，我吃饭前，首先准备一本书，吃饭时，我看着书，把书中的知识连同饭菜一齐咽下去，我多快乐啊！

现在家里的书已满足不了我，我宁愿排着长队，到学校的图书室借书看，当抢到一本称心如意的书时，我多么高兴啊！

我人生中最快乐的事是坐在柔软的床上，放个热水袋在被窝中，读到天方吐舌，旭日东升。

书，你是无穷无尽的知识海洋，我要终身把你追寻。

（指导教师：陈冬梅）

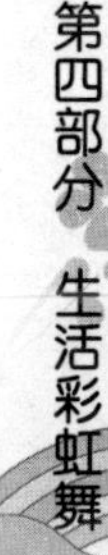

我爱你，故乡的歌声

黄美林

一大早起来，便听见大风把树叶刮得“哗哗”直响，这是一首有趣、特别的音乐。像这种普通的响声随处可见，但在故乡，这可是一首只由几个普通的音符组成的娓娓动听的歌曲。

朦朦胧胧的早晨，隐隐听见锅勺铲锅的响声，这是故乡的人儿正在煮饭，这普通的响声听起来像一曲优雅的曲子；天刚刚亮，便听见邻居家的猪开始哼起来，这是一首曲子；天已经大亮了，故乡的小路上有了人群，她们唱着歌曲去上学，美妙的脚步声构成了一首曲子；吃完了故乡的早饭，就到农间的田地里去瞧一瞧，看见农民一颗颗汗水滴落在土地上时，我想起了一首诗《悯农》：“锄禾日当午，汗滴禾下土。谁知盘中餐，粒粒皆辛苦。”这首诗正好描绘了一位位辛苦的农民。这时，我听到农民伯伯嘴里发出了声音，仔细一听，原来农民伯伯一边挖田，嘴里还吆喝着：“嘿哟，嘿哟……”农民伯伯们从辛苦中得到了幸福，劳动的号子声变成了动听的歌曲。

一只小狗打猎回来，饥饿得不得了，它使劲地叫着，“汪汪……”。主人发现了，知道它饿了，便走进房间，拿出了一块骨头。小狗见了，欢喜地叫着叫着，小狗的叫声也是一首曲子。

下午时候，该放学了，孩子们都站在教室门口，等待自己的亲人来接他们。他们的脸上露出了笑容，仿佛吃了蜜一样甜。孩子们的家长到了，孩子们老远就嚷嚷着，仔细一听：“妈妈、妈妈，我得奖了，我得奖了。”临走的时候，孩子们唱出了一曲曲清脆悦耳的歌声。

傍晚，可以看见故乡的人都把椅子搬了出来，坐在大树下，他们坐在一起，开心地聊天、拉家常，这成了故乡中一天最后、也是最温馨的歌声。

故乡的歌声少了，因为这时天已经黑了，人们已经进入了梦乡，他们的梦可能很美，你问我怎么知道，因为我从他们的声音里听出来的，他们的声音真的很美。

故乡的人陪着故乡的歌声，故乡的歌声陪着故乡的人……

（指导教师：彭智慧）

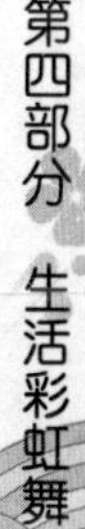

分享我的照片

闵湘楠

一次品德课，老师要求我们带小时候的照片，让大家来回忆童年生活，感谢父母的爱。

课间，我拿出自己的相册翻看，被老师撞见，便借过去看。

老师正看着呢，同学们就围了上来。

当翻到一张我小时候光屁股的照片时，大家立刻哄堂大笑。老师说：“笑什么，你们小时候都是这个样子！”同学们捂住嘴不笑了，接着往下看。

又看到一张有趣的照片，大家又忍不住大笑起来。这张照片上的妈妈和哥哥也在看着我笑，怎么回事呢？原来是我在照相的瞬间尿尿了，打哈欠了，嘴张得老大，被姥爷拍了个正着。难怪同学们哈哈大笑，这可是我的“隐私”啊！

我的脸顿时就红了，真是太不好意思啦！我怎么这么粗心呢？把这张照片也拿来“展览”了！

不过，想一想，谁不是从小时候过来的呢？谁没有自己的囧事呢？真是太真实了。有了真实的照片，就是一种快乐的分享。

哈哈，把你小时候的照片，也拿出来和大家一起分享吧。这真是一件充满爱意、有趣又十分幸福的事情呢！

（指导教师：傅秀宏）

那佝偻的背影

许永辉

暑假的一天，爸爸一早就出去钓鱼了。妈妈要去超市购物，临行前嘱咐我在家好好做作业，特别叮嘱我要看好门。

家里静悄悄的，只听见我写字的“沙沙”声。“收破烂哎！”楼下传来收废品的吆喝声。我从窗口探头一看，一位老人佝偻着身躯，推着一辆三轮车，正边走边吆喝。我想到阳台上有许多废品，不如卖掉，帮爸妈做点儿事。我忙停下笔，招呼收废品的上来。

片刻之后，收废品的上来了。我打开房门，仔细打量起他来。这是一位白发苍苍的老人，蓬头垢面，粗糙的手中握着一杆秤。他上身穿一件褪了色的皱巴巴的西服，脚下是一双破运动鞋。

进屋后，我指着那些废品示意老人搬走，他蹲下身便忙碌起来。只见他熟练地收拾那些废品——归类、捆扎……望着老人饱经沧桑的脸，我不禁心生怜悯。过完秤，老人付钱时，我少收了他五元。老人连声向我道谢。他在我家里东瞅西瞅，突然问：“怎么？就你一个人在家啊？”“是的，我爸妈有事都出去了。”我警惕地盯着他，心想：这个收废品的是不是别有企图？我一下子紧张起来。老人憨厚地笑了笑，说：“我发现你家楼下有几个小青年东张西望，看样子不是好人。你一个人在家要小心点儿！”说完，他扛起废品下楼了。

望着老人那佝偻的背影，一股感激之情油然而生，我深为自己刚才的想法而羞愧。我赶快把家里放在外面的自行车搬进了屋里。

吃过晚饭，我们一家人出去散步。小区门口，几个邻居正聚在一起议论纷纷，一打听才知道，张阿姨刚买的一辆新电动车今天被偷了。

我的心不由得一动，眼前不禁浮现出收废品老人那佝偻的背影……

（指导教师：王郧军）

除夕夜的烟花

于 姗

我爱除夕夜，家家户户灯火辉煌，喜气洋洋；我爱除夕夜，大街小巷鞭炮噼啪，笑声朗朗；我爱除夕夜，最爱那装点夜空、流光溢彩的缤纷烟花。

等啊，盼啊，终于迎来了除夕夜。我和爸爸早早吃完年夜饭，做着准备工作。爸爸将“星星雨”放在附近的高台上，对我说：“姗姗，你马上就要大饱眼福了！”瞬间，第一个烟花腾空而出，五彩缤纷，光彩照人。又一个飞了出来，五光十色，美丽无比，紧接着第三个、第四个……就像从一只大魔术匣里飞涌出一个接着一个的小精灵，开出一朵朵美丽的鲜花。我情不自禁地说：“太壮观啦！”旁边的伙伴们跳着、喊着，乐得手舞足蹈。这真是一幅浑然天成的“除夕欢乐图”啊！

“星星雨”刚落幕，“降落伞”又登上了舞台。我刚把一个个的“降落伞”插在地上，“姗姗，你马上就要大饱耳福了！”爸爸的话还在耳边，只听见“嘣”的一声，“降落伞”已飞上了半空，尽情地炫耀着它的光环。过了一会儿，飘落下来许多小小的降落伞，一闪一闪，漫天飞舞，妈妈不由得赞叹：“还真是名副其实呢！”在爸爸妈妈的陪同下，我还燃放了长长的“飞毛腿”，当然是速度超快的。因为我自创的一套烟花舞，还让小小的烟花棒成为全场的“最佳配角”。

我爱除夕夜，我爱除夕夜的烟花，在这个美丽的烟花之夜里，我又悄悄地长大了一岁。

（指导教师：黎紫娟）

母爱的力量

鲁伟杰

几年前，我因得肺炎，住进了医院。

一天，医院住进了一个年仅十岁的小女孩，她引起了我的注意。她一直处于半昏迷状态，时而沉默，时而梦呓般地叫着："妈妈，不要走，不要走啊！"我感到十分疑惑。病床前，女孩的父亲半蹲着，双手抱头，神色凄楚地看着女儿，因为痛苦，他的嘴角不时地抽搐。听了他和医生的对话，我才知道，小女孩是去找她妈妈的时候出了车祸，经抢救后虽然保住了性命，可仍处于半昏迷状态。医生说，能用的药都用了，小女孩要想清醒很难，要看她的造化了。

这时，一位女护士来了。她看到女孩不停地叫着妈妈，问她父亲："孩子母亲呢？"

男人低下头，伤心地说："我和她离婚很久了，我找不到她，也没她电话。"

护士叹了口气，怜悯地看着女孩。她忍不住向小女孩走去，蹲在那儿，轻轻地握着女孩的手。我感觉她就像女孩的母亲一样。"女儿，妈妈在这儿，不怕，妈妈在这儿。"男人抬起头，感激地望着女护士。突然，女孩叫了一声"妈妈"，护士连忙应了一声。女孩紧紧地握住女护士的手，像抓住了救命稻草一样，小女孩笑了："妈妈——"

几天里，女护士一有时间就过来看望女孩。虽然女孩仍然处于半昏迷状态，说话也是东一句西一句，但她总是不失时机地和女孩聊天。

奇迹真的发生了！女孩真的清醒了！

女孩清醒后说："我好像听到妈妈的声音了，感觉到妈妈用一双温暖的手拉着我，把我从一个冰窖中拉出来……"

当我们把目光投向那位"母亲"时，她含羞地说："我一直相信，母爱胜过一切力量，有爱就会有奇迹发生！"

（指导教师：许德鸿）

我的妈妈成了她的妈妈

信禾勇

我们班上的杜怡然是留守儿童，她的爸爸妈妈去外地打工了，她跟着爷爷奶奶生活。她的爷爷奶奶已经年过六旬，年迈体弱，只能勉强让她吃饱穿暖。她的脸蜡黄蜡黄的，看起来缺乏营养，也脏兮兮的。整个人看起来没有一点儿精神，好像天天在想心事似的。

有一天，我的妈妈成了杜怡然的代理妈妈。那天到学校给杜怡然买了很多东西：崭新的花书包、漂亮的新衣服、新鲜的水果、有营养的牛奶……我的妈妈还经常到学校关心杜怡然的身体有没有生病，需要一些什么学习用具，学习成绩有没有进步。

有一次，妈妈把她带到我家，晚上给她做好吃的饭菜，吃饭时一直往她碗里夹菜，却不管我，就好像没有我这个宝贝儿子一样，一直说："然然，多吃点儿。然然，多吃点儿。"吃完饭，妈妈拉着她的手，说："然然，我带你去公园玩。"妈妈把我扔给了爸爸，陪杜怡然坐过山车，开碰碰车，玩得开心极了。很久没笑的杜怡然笑得那样甜。妈妈回来后还亲自给她洗澡，换新衣服。

从此妈妈经常把她带到我家玩，给她买吃的、穿的、喝的，还有学习用具，我觉得妈妈似乎成了别人的妈妈。虽然妈妈给我的爱好像少了一点儿，可我的心里却总是甜滋滋的。

（指导教师：付爱华）

第五部分

我的宝贝我最懂

晚上，我借着皎洁的月光，看着那卧在柴堆边的几只鹅出神。就连睡梦中，我好像也和它们在一起……

——石小丽《我家的鹅》

喜鹊啄了我一下

赵亚飞

我家院子里那棵茂盛的榆树上面，有一个鸟窝，主人是两只黑背白腹的喜鹊。每天早上，它们“叽叽喳喳”的报晓声会准时把我从睡梦中唤醒，那声音清脆悦耳，使人听了感觉非常舒畅。

星期天，几个好伙伴来我家写作业。听到喳喳的喜鹊叫声，马增龙说：“亚飞，上去看看窝里有没有小喜鹊，有的话拿下来养着玩，多好啊！”大家都没见过小喜鹊是什么样呢，于是，纷纷动员我上树。盛情难却，我便脱掉鞋，搓搓手，双腿夹住树干，双手交替着往上爬。“噌噌噌……”不一会儿，我就爬到了上面。我喘了口气，慢慢地接近鸟窝。

这时，意想不到的一幕出现了：两只喜鹊似乎发现了我的企图，在我头顶盘旋着，大声地嘶叫着，与往日那清脆的叫声不同，声音显得那么愤怒、凄厉。我顾不得那么多，继续向上爬。近了，近了，我终于近距离地看到喜鹊窝了，更令我惊喜的是，里面有三只羽翼未丰的小喜鹊，它们瑟瑟发抖着，朝着我发出唧唧的哀鸣。我犹豫了一下，还是伸出了手。突然觉得头皮如被小锤敲打似的一疼，喜鹊啄了我一下！抬头一看，那两只喜鹊还要气势汹汹地冲过来。我伸出的手马上缩了回来，不敢抬头往上看，慌张地往下滑，在小伙伴的嘲笑声中，我滑下了树。

两只喜鹊的叫声逐渐减弱了，它们又围着鸟窝盘旋了一会儿，落在了鸟窝旁，不住地往窝里探视，似乎在安抚着受惊吓的小喜鹊。那一刻，我想起了我生病时，爸爸、妈妈在我身边守候的情景。

从此，我不再掏鸟窝。

（指导教师：赵秀坡）

我家的爱心阳台

夏景明

我家住进楼房已经好几年了，楼上楼下的邻居家先后都封了阳台，只有我家没封阳台。爸爸不封阳台的理由很简单：不封阳台好透气。

爸爸闲时就喜欢到阳台上去，有时还抽上一支烟，显得很享受，还能享受阳光的沐浴，享受清风的吹拂。我常被爸爸的样子感染，也来到阳台上，这时爸爸就会给我讲他童年时的乡村生活：掏鸟窝、捣蜂巢、抓鱼、钓虾、放牛……当然还有他的童年伙伴。不封的阳台，给爸爸留下了一条通往童年的时光隧道。

爸爸喜欢观赏阳台上的鸟儿，只要来了鸟儿，爸爸决不去惊动它，只在门窗后静静观赏。鸟雀中麻雀居多，也有体形较大的黑色山雀。冬天阳台上的鸟雀会多起来，阳台成了鸟雀理想的避风港。不过主要原因是食物丰盛，因为爸爸知道冬天鸟儿觅食困难，就将剩饭撒在阳台上喂鸟，爸爸成了饲养员。鸟儿吃饱了，也不急着飞走，爱起美来了，待在台子上、晾杆上，用灵巧的小嘴梳理羽毛，还有一对对呢喃着，谈起情、说起爱来了，太可爱了，这是对爸爸爱心最好的奖赏。

一天中午，阳台上传来稚嫩凄惨的鸟叫声，爸爸忙出去查看，原来是一只学飞的雏鸟掉在了阳台上。爸爸很高兴，赶紧拿来米和水喂它，可小鸟害怕，不敢吃，爸爸就强行手工喂食，还特意到田野里捉来虫子喂鸟。后来的几天里，我们早晨起床第一件事就是看鸟，小鸟长大飞走的那一天，爸爸高兴得又喊又笑，简直就像个老顽童。

你说，我家的阳台可不可以取名为爱心阳台？

（指导教师：夏礼平）

我家的旺旺

常朝安

我家买了一只小狗，它非常可爱。我给它取了一个好听的名字叫旺旺。旺旺的鼻子尖尖的，眼睛圆圆的，一身长长的茸毛，尾巴向上卷着。它是只博美犬，样子长得和狐狸非常相似，所以又称狐狸狗。

刚开始，我把旺旺带出去到马路上溜达，我还以为它会四处乱闯，谁知它非常顺从地跟在我后面，走了好长一段路，它都跟我形影不离。我心里暗自高兴，我成了旺旺的小主人了。

有一次，我带着旺旺在小路上玩，它看到一个滚动的小球，马上想扑上去，可一不留神儿掉进了泥坑里，只见它滚了一身泥，像个落汤鸡似的，“汪汪”地叫个不停。我急忙把它给拉了上来，它的整个身子都沾满了泥巴，看上去脏兮兮的。我只好把它抱回家，给它洗澡。我费了好长的时间，才把它的身子洗干净。我心想，旺旺刚才肯定受惊吓了，都怪我没把它保护好。

旺旺有个坏毛病，经常在家里随地大小便，害得爱干净的妈妈经常骂它。为防止它随地大小便，爸爸晚上便把旺旺关在笼子里。结果旺旺一直不停地叫，越叫越可怜。爸爸可怜它，只好把它放了出来。第二天早上，我一觉醒来，吓了一跳，旺旺居然爬上了床，睡在我的身边。看到我一副惊讶的表情，旺旺露出了一副可怜巴巴的表情，让我真是哭笑不得。

嘿，我家的旺旺，我真喜欢它。

（指导教师：孙玉震）

赖床的“小客人”

王熠杨

去年，我到武汉玩，回来时带了一对可爱的“小客人”，它们是一对小仓鼠。

小仓鼠一只是雌性，另一只是雄性。雌性的毛色白里带黑，雄性的毛色黑里带白，真是天生一对。它们都有娇小可爱的小身板，尖尖的灵敏的耳朵，黑宝石般晶莹的眼睛，还有干净、锋利的爪子。你可别以为它们挺可爱，不会咬你哦，被它们咬或抓一下，可是要打疫苗的呀！

我一开始没有养过仓鼠，不知道怎样去照顾它们。于是我就上网查资料，才知道小仓鼠是杂食动物，爱吃玉米、小米、大豆……知道了这些，我就到粮店里买它们爱吃的食物，并细心地给它们搭配，照顾它们，让它们茁壮成长。早餐吃玉米，午餐吃大豆，晚餐吃小米，让它们的食物一餐一个新花样。

小仓鼠一到白天就呼呼大睡，看着这对可爱的小仓鼠，我禁不住轻轻地抚摸它们。哇！它们的毛好舒服，好柔软！尽管我这样抚摸，它们仍然毫无察觉。偶尔起来一下，也是磨磨牙齿，吃点儿东西，就接着睡大觉。小仓鼠可真能睡，为了让它们健康成长，我就想让它们运动运动，可我怎么叫，它们也不起床。

我家的两个“小客人”，我真是非常喜欢它们！

（指导教师：季光臣）

小兔子，你想我吗

王周瑞

在学校养殖园那绿草如茵的草地里，可爱的小兔子，你还想我吗？

你，来自大自然，无奈却进了花鸟市场。我来到花鸟市场，第一眼看中的，就是你。

我把你带回家，你的眼光充满了胆怯，我像妈妈一样，悉心地照顾你。你最喜欢吃的，就是胡萝卜和白菜。每次我端来胡萝卜和白菜，你却躲在笼子的一角。直到我走开，你才走过来，用舌头舔舔菜叶，又警觉地看看四周，确定没有危险才大吃特吃地啃起来。这时，门后总会传来“咯咯”的笑声，其实，我早已在门后躲起来，你那吃相，实在不能用言语来形容。每次，我发出笑声，狼吞虎咽的你都全然不知……

后来，你越来越胆大了，刚把笼子门打开，你就一溜烟地跑了，我总是担心你再次落入“天网”，每天找你，成了我的乐趣，也成了我的生活。现在的你学会了“偷菜”，你总是趁奶奶不注意，跳上窗台赶紧咬一口菜叶，躲到角落里，慢慢“享用”。有时被奶奶发现了，你被赶出厨房，便跳到我面前。我总会把你抱到怀里，你便轻轻地依偎在我怀里撒娇。那样子，好像在说：“小主人，我想回家！”

有一天，你不再调皮了，耳朵也不竖起来了，也不吃你最爱吃的菜了。你回过头看着我，那眼神，分明是思乡的人才有的啊！我强忍着不舍，把你送到了学校的养殖园，你一步一回头，渐渐地消失在了我的眼前……

晚上，我睡不着，心里想的全是你。

我亲爱的那只小兔子呀，你想我了吗？

（指导教师：陈娀）

可爱的小霸王

杨赫祎

我家养着一条漂亮的小金鱼，它通体橙红色，大大的尾巴，红白相间，游起来，尾巴飘来飘去，像条条彩色的飘带，可爱极了。

听说，一条鱼可不好养，我就央求爸爸再买几条小鱼和它做伴。爸爸挑选了一条黑色的和一条白色的小鱼，把它们放进了鱼缸。我满以为他们会相处得很好，没想到我养的小金鱼对新来的伙伴并不欢迎。它尤其容不得其他小鱼抢它的食。我曾亲眼看到它追得伙伴东逃西窜，甚至还咬它们的尾巴呢。

也许是新买的小鱼整天处于惊恐之中，很可惜，没过几天，它们就相继死了。鱼缸里又只剩下小金鱼逍遥自在地游来游去。它就好像是一个小霸王，绝不允许别的小鱼来抢占它的地盘。

它虽然霸道，但我依然喜欢它。每当我站在鱼缸前的时候，它会把头伸出水面。小嘴一张一合，一张一合，我知道，它是在向我要食物吃。这时，我会高兴地投给它几粒鱼食，它便迫不及待地张开小嘴，吐出泡泡。吃上几粒后，又像鲤鱼跳龙门那样，从鱼缸的左边，突然跳到鱼缸的右边，又从右边跳到左边。它常常把水溅到我的身上，好像用这种方式向我表示感谢。等吃饱了，它会很安静地待在水里，好长时间一动不动。

这条鱼已经陪伴我整整四年了，从不到一寸长已经长到有三四寸长了。它是我的伙伴，我的朋友，我会好好地照料它。

（指导教师：王君）

小狗嘟嘟

李冬霓

姥姥家养了一条小狗，我给它取名叫“嘟嘟”。它长得很漂亮，一双又圆又大的眼睛，好像要突出来似的。它的鼻子又湿又凉，用手一摸滑溜溜的。它还有一张长满牙齿的嘴巴，不过它从来不咬人。背上的毛柔柔的，摸上去可舒服呢。我真想骑在它的背上显显威风。

这只小狗虽然可爱，但它很馋，最喜欢吃肉，也很爱啃骨头。你若把肉、骨头用手拎起来，它就会站起来，随着食物跳舞、蹿高。啃骨头时，如果它咬不动，就用两只爪子摁住骨头使劲儿咬，头一左一右地摇晃，好像连吃奶的劲儿都使出来了。

它有时候很乖，平时没事时，总在你的身边转来转去，一会儿用身子蹭蹭你的腿，一会儿伸出舌头舔舔你的脸，好像等待你赏给它点什么似的；它有时候很淘气，我有时早晨起床时不是找不到衣服，就是找不到拖鞋和袜子，当我气得发疯的时候，它不知从什么地方又给我找回来了，弄得我哭笑不得，想打它，一看它那可爱劲儿，气又全消了。

它玩累了也要休息的。睡觉的样子更是可爱，有时躺着，头夹在两只爪子中间，或者身体团成一个圈，简直像个毛球！比酣睡的婴儿还可爱呢！

一次姥姥家的后院来了一个小偷，是翻栅栏进来的。嘟嘟看见有生人进来，就“汪汪汪”地叫个不停。邻居急忙赶出来，把小偷吓跑了，可嘟嘟还用凶狠的眼神瞪着发现小偷的窗口。你说它厉害不？

最近，嘟嘟生了四个小狗。一个月以后，小狗的眼睛睁开了，也会跑会叫了。小狗待在窝里，有的打仗、有的打滚、还有的在睡觉。睡觉时，一只小狗的头躺在狗妈妈的身上，好像撒娇的孩子一样，可好玩啦！它们每天午后都有个晒太阳的习惯，我把狗窝搬到前院，小狗们都跟过来了，来往的人都要停下来看一会儿。嘟嘟大模大样地走出来，好像有意让路人看看自己的孩子。

每次我给它们喂食，狗妈妈看到我手里拿的骨头很想吃，可它又不能不管孩子，便用水汪汪的眼睛看着我，口水都流出来了，就是不动嘴。我想：有肉它都不吃，只想着留给狗宝宝吃，这样的母爱不也同样伟大吗？

（指导教师：姜广生）

美丽“彩虹”

鲍冠宇

前几天，爸爸在花鸟鱼市场给我买了一条可爱的小金鱼，我给它取了个好听的名字——“彩虹”。如果你感兴趣的话，就来我家看看吧。

“彩虹”长着一双鼓鼓的大眼睛，一个胖胖的身子，穿着一件橘黄色的外套，在鱼缸里穿梭自如。像大扇子一样的尾巴，游动的时候一摆一摆的，简直就像舞蹈演员在跳摇滚劲舞，那样子十分滑稽。

记得有一次喂食的时候，我刚把鱼虫撒进鱼缸，它就跟“疯”了似的，“嗖”的一下直奔鱼虫游过来。先把一条鱼虫整个吞进嘴里，然后再吐出来，就这样，反复几次，一条鱼虫被分割成了好几份，最后再一份一份地吃掉。只见它把身子在水中竖起来，头朝上，尾朝下，张开小嘴轻轻地往上一拱，就把鱼虫吞进嘴里了，然后鳃盖一张，随鱼虫吞进去的水便被挤了出来……看它吃得那个香劲儿，我的嘴也不知不觉地跟着一动一动的。

饱餐后的小金鱼，在鱼缸里自由自在地游来游去，像是人们在晚饭后散步一样悠闲。有时把嘴里吐出来的泡泡当球顶，它顶呀，顶呀，一直把泡泡顶出水面破碎为止；然后，再吐出一个泡泡继续玩儿，这回不再是连续上升，而是像小孩顶气球一样，时起时落，非常有趣；有的时候还会在水草间钻来钻去好像在捉迷藏似的……

若是玩儿累了，它也会休息一会儿。或是浮在水中，或是沉入水底……因为鱼是没有眼皮的，所以，每天睡觉的时候只能睁着眼睛，看上去好像睁着大眼睛瞪你呢！其实，它睡得很香哩！

你说我家的小金鱼可爱吗？

（指导教师：姜广生）

我们的朋友——麻雀

贾天泽

田园沃野中，有它活跃的身影；枝头树梢上，有它欢快的歌声。这就是麻雀，每时每刻都是那么欢乐的小动物。

仔细欣赏麻雀那一身滑稽的打扮吧：圆圆的脑袋上有一顶土灰色的“小帽”，黄黄的小眼睛，总是好奇地瞅着四方。麻雀的嘴可真特别，又尖又长，嘴角有一处白白的，似乎吃饭时沾了一颗小米粒！还有那身灰褐色的羽毛，像披着一件光滑的蓑衣，这就是可爱的小麻雀。

每天早晨，我总能听见一群麻雀在叽叽喳喳、高谈阔论，它们或是在树枝上蹦来跳去，锻炼身体；或是凑在一起，海阔天空地聊天。若有情况，则会一下子如遭遭一般，惊慌飞起，挪个地方继续。

据说鸟是噪音监测器，这是科学家的定论。不错，在人流不息、车水马龙的街头、闹市，是找不到麻雀的影子的。当夕阳懒洋洋地躺在云端时，熙熙攘攘的人流、声嘶力竭的车马安静下来，这时，麻雀便又三个一群、五个一伙地出来了，舒活舒活筋骨，抖擞抖擞精神，润润被废气污染的嗓子，放声高歌，给疲累的人们带来了大自然的气息。

听爸爸说，以前，人们认为，麻雀是四大害之一，原因是它破坏庄稼。人们用各种工具来打杀麻雀，当它们快要灭绝时，人们忽然发现，庄稼地里、树林里出现了成片成片的害虫，庄稼歉收了，树木大片大片地枯死了。人们不知道是怎么回事，这时候有一个科学家站出来，说杀灭麻雀是一个错误的行动，其实麻雀的好处大于坏处，现在庄稼和树木遭受害虫破坏的主要原因就是麻雀少了。尽管麻雀要破坏庄稼，但是它们主要还是以害虫为食的，所以我们要保护它们，而不是杀害他们……科学家的话引起了人们的重视，经过很多方面的调查，也证实了科学家所说的话是正确的，人们开始以麻雀为友。

动物可是我们人类的好朋友，我希望大家不要伤害它们，而是要保护它们，和它们和睦相处！

（指导教师：刘丽丽）

罗罗回家了

张晓漫

一天放学回家，经过楼口时，看见一只脏兮兮的小丝毛狗，我不屑一顾，捂着鼻子从它身上跨了过去，刚要抬脚上楼，就见这只脏狗慌忙地在我两腿之间蹿来蹿去。它黑黑的嘴唇和鼻孔不停地在我裤脚上蹭来蹭去，尾巴高高地翘起摆个不停，我急了，一脚向它踢去。“汪……汪……”，那家伙发出了低微的呜叫。

咦，这声音好熟悉呀，似曾相识！

我不由得停下来，蹲下身子来看个究竟。这一看让我欣喜不已，差点儿跳起，因为这个小家伙就是消失快一年的“罗罗”。

一年前，小罗罗被邻居喂养，邻居每天都把它梳洗得漂漂亮亮了才出门，俨然一位“公子哥”，颇受大家青睐。当时它可神气了：一身洁白的毛发，两只圆溜溜的眼睛散发着灵光，深褐色的嘴唇好像被化妆师精心涂抹了色彩，走起路来尾巴翘得老高老高，尤为引人注目的还有脖子上的那铜色的铃铛，多远都能听见“叮当、叮当”的声音。

可是后来，不知什么原因，罗罗突然失踪了，邻居到处寻找，我们也四处打听，始终没找到，它就这样凭空消失了。当时，我们大家心里都有说不出的难受。

今天，它竟找回来了，我们兴奋极了。我们端来一大盆温水，帮它梳洗干净。又端来好多吃的，都是它以前最爱吃的东西，几大盘食物被它狼吞虎咽，一扫而光。看着它的模样，大家喋喋不休地猜测它这将近一年来的经历。

邻居又疼又气，把它抱在怀里抚摸着，直骂它活该！谁说不是呢？只有家才是最安全舒适的港湾。

总之，流浪了将近一年的罗罗终于回家了。

（指导教师：向玉梅）

阿虎是个好妈妈

郑斯予

我五岁的时候，有人送了爷爷一只狗。它的名字叫阿虎。听奶奶说，它是一只母狗。我发现它每天都和邻居家的公狗阿呆撒欢、追逐，嬉闹玩耍个不停。

今年，阿虎一窝生了很多小狗。我数了数，一共有七只。有三只是黑色的，有四只是灰色的。那些小狗非常可爱，它们一个一个或趴或卧地仰着小脑袋，打量着这个世界。愣眼看去，俨然就是一个又一个小阿虎。

我平时最喜欢猫啊狗啊的了，更别说刚生出来的幼小动物了。有一次，我趁阿虎走开的时候，悄悄地跑到小狗的身边俯下身摸了摸狗宝宝的毛，好柔好滑，像棉花一般。忽然，我感觉背后有谁在用力拽我，转身一看，是阿虎。它用嘴拉扯着我的衣服，还凶巴巴地盯着我，不停地“汪汪”叫着，好像在说：“快点儿离开，要不然我就对你不客气了。”

看到这场面，我吓得一动也不敢动。奶奶听到狗不对劲儿的叫声，立刻跑过来说：“孩子，你要离小狗宝宝远一点儿，要不然阿虎妈妈以为你会伤害小狗宝宝的。”听完奶奶的话，我明白了，立刻站到离小狗有一段距离的地方。

我发现阿虎把七只小狗宝宝圈在自己身边，好像大人在保护小孩一样。阿虎真是一个有爱心的好妈妈。对不起，阿虎，是我不懂事儿!

（指导教师：傅秀宏）

家有小鸡

王昱凯

我家养了一只小鸡，它全身都是黄色，只有尾尖抹了点儿淡淡的白色，一双橘红色的小爪子紧紧地抓在地上，一张尖尖的嘴给它增添了不少活力。它在我家刚住下不到一个月，就发生了很多有趣的事。

放学后，是我和小鸡快乐的时光。我可以和它玩耍，也可以给它喂水喂食。可因为我家有一个什么都不懂的小弟弟，闹出的笑话接连不断。我拿了一个小盘子，放了些用热水泡过的小米，把它放在小鸡的前面，让它吃。这可被我弟弟看见了，弟弟就和小鸡抢起了食。他抓起一把米就往嘴里送。我立刻上去和他抢，最后他用力一扔，全扔到了自己的脸上。小鸡连忙跳到他腿上，然后跳到他手背上，最后跳到他肩上，使劲地去吃弟弟脸上的小米粒儿，吓得弟弟一个劲儿地用手打小鸡崽儿。

这天清早，我一起床就去看小鸡，发现它不在“家”中。我想，它会在哪里呢？莫非它去洗手间了？要么就是去阳台透气了。正想着呢，忽听小弟弟“啊呀”一声惨叫，我立刻跑了过去。哈哈，原来，小鸡在和弟弟玩。弟弟穿的是开裆裤，弟弟一撵小鸡，小鸡就往弟弟的开裆裤里钻。弟弟一害怕，就大声地喊了起来。哈哈，可真逗啊！

我每天都要给小鸡喂水、喂米，三天两头还要把小鸡箱子里的报纸换一下。我养一只小鸡都这么辛苦，那爸爸妈妈养我和弟弟不是更辛苦吗？你瞧，养鸡不仅有趣，还让我明白了不少道理呢！

（指导教师：徐守文）

我的神秘老师

刘一阳

是谁，让我们得到了知识，开拓了眼界？又是谁，在我们成长的道路上为我们指点迷津？对！是书！书，陪伴着我们成长，也为我们指引未来的方向。

期末考试快到了，我紧张极了，每一天都在努力地复习，生怕复习得不够全面。虽说考试迫在眉睫，但我还是努力找时间看闲书。我一有空就抱着书看，一看就是一两个小时，远远超出了自己的“规定时间”。我有时看《想变成一棵树》，有时看《驴家族》，有时又看《少年摔跤王》…… 这些书中都蕴含着各种道理，还有许多名人名言，像“嫉妒之心不可有，上进之心不可无”“吾尝终日而思矣，不如须臾之所学也”“纸上得来终觉浅，绝知此事要躬行”……这些名人名言我都能背诵下来。日积月累，我现在知道的名人名言不知有多少呢。

一个星期后。

“啊，”我小声叫道，“今天期考！”我的心“怦怦”地跳着。“考试还没开始，我要赶快拿出语文书看看！”想着，我从书包里掏出语文书，同时，也掏出一本课外书。看完语文书后，我又打开课外书来看。“丁零零……”考试铃声响了，考场上死一般的寂静，每个人都在争分夺秒地答题。我一路上那是“过关斩将”，突然“半路杀出个程咬金”来——请写出两句课外的名人名言。“哈！哈！这可是我的强项！”我一边偷着乐，一边写出了两句名人名言。

考试结束后，大家都在议论“请写出两句课外的名人名言”这只拦路虎。有的同学压根没写；有的同学只写了一半，把后面那句给忘了；还有的同学写成课内的名人名言了。

考试成绩出来后，我欣喜若狂，那个“难倒全班”的题目，只有我做对了。这都要感谢我的课外书。

虽然，我把大部分的时间都放在看“闲”书上，可我的努力没有白费。书，你真是我的神秘老师，我对你真是感激不尽！

（指导教师：唐禧）

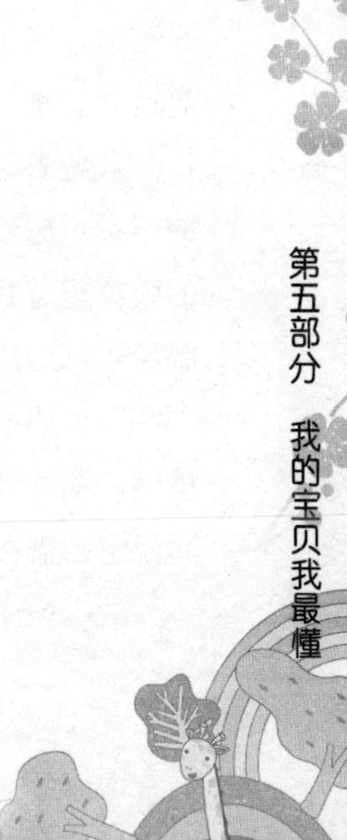

八哥小黑

胡晟宇

两年前的一天，隔壁的沈奶奶提着一个大笼子走进我家，笼子里有一只活蹦乱跳的八哥。她将那只八哥送给了我，我给它取名叫小黑！

小黑长着一个黑黑的脑袋，上面有两颗黑珍珠似的眼睛，圆溜溜的，很机灵的样子。它橘黄色的嘴巴又长又尖，全身黑亮黑亮的，上面嵌着一条白色的花纹，可漂亮了！

从此，小黑成了我的好伙伴，我总是挂念着它。每天一放学，我就赶紧回家，一进院门总要和它逗上一阵子。小黑不仅外形好看，而且还会说话呢！“您好！您好！”“妈妈！妈妈！”……我有时吹口哨，它也跟着吹，真神奇！

我与小黑的感情越来越深，可是“天有不测风云，人有旦夕祸福”。上个月的一天晚上，我突然听到一阵小黑痛苦的叫声。我赶紧起床一看，原来是一只黄猫正在袭击挂在树杈上的小黑。我赶走那只黄猫后，急忙捧起流血不止的小黑。我想让它站着，可它已经站不起来了；让它喝水，它不喝；喂它吃食，它也不吃……我真的无计可施了，只能默默地看着它，希望它能逃过这一劫难。

我望着它，望着它眨巴眨巴的眼睛；听着，听着时钟“滴答滴答”走动的声音；想着，想着如何让小黑的生命永不停止，一直延续下去。它用祈求的眼神望着我，眼睛一动不动，把我的心都望碎了。慢慢地，慢慢地，它的眼睛永远地闭上了。我哭着给小黑找来一个小巧精致的盒子，作为它未来的“家”。妈妈帮我找来铲子，在园子里的桃树下，挖了一个坑，把盒子放进里面。我的耳边仿佛又传来声声“您好”“妈妈”的清脆的叫声。我用手捧起泥土，盖在盒子上，一边轻轻地说：“好朋友小黑，愿你一路走好！”

（指导教师：许德鸿）

探亲

陆宁

因为搬了新家，我只好暂时把刺猬溜溜连同它的木头屋子———座豪华“别墅”，一起放到小区的草丛里。这不，时隔多日，我心里一直很牵挂溜溜。

周末，我和妈妈特意返回旧居去“探亲”。老远就看见草丛里有一只“球”在滚动。走进去一看，果然是刺猬，不过已经不是一只，而是很多只。我一眼就认出了溜溜，它如今已经老了，成了几世同堂的“爷爷”了。

溜溜的动作缓慢，老态龙钟的它和当年的小伙子相差甚远。他走路比蜗牛还慢，这让我很难过。不过，看到它身边几只大小不一、活泼可爱的小数点刺猬，我马上兴奋起来。

他们似乎明白我和它们“爷爷”的交情，见了我就一拥而上，爬得我满身都是，有一只调皮鬼还爬到我头上，和我亲热。只有“爷爷”怎么也爬不动，我只好把它抱在我的鞋面上。

当我把它们爱吃的大樱桃放在地上时，一只只刺猬马上从我身上跳下来，把樱桃滚得满身都是，然后向“别墅”跑去。

我这才发现我亲手做的“别墅”还是完好的，只是多了一条“地下通道”。在通道里，我发现了许多食物：饼干和新鲜的苹果，都用木屑掩盖着。看来溜溜和他的孩子们一直都有人喂养，我由衷地感谢小区里的邻居和伙伴们。

看到溜溜一大家子快乐地生活、开心地玩耍，我非常高兴。只是我对“爷爷”溜溜很牵挂，它已经相当于人类的长寿老人了，我很担心它的健康出问题。

“探亲”结束了，妈妈说，要在新家开辟一块地方，把几世同堂的刺猬们接回家，让它们过上衣食无忧的幸福生活！

（指导教师：蔡玲玲）

我家的鹅

石小丽

一天，村里来了一个卖鹅的。我们几个小孩儿像发现了宝贝似的，扒着鹅篓看。一只只小鹅像染上了黄颜色的棉球似的，橘黄色的嘴巴、浅黄色的毛、圆溜溜的大眼睛。我越看越喜爱，扯着妈妈的衣服，非要买几只不可。妈妈只好买了几只，我高兴极了。

一晃几个月过去了，小鹅长成了大白鹅：扁扁的嘴、长长的脖子、扇子似的脚，走起路来一摇一摆的，神气极了。每天放学后，我就去田里拔几把嫩草喂它们。它们见到我就拍打着翅膀“嘎嘎”地大叫，贪婪地吃着草，不时还发出互相争抢的声音。

大白鹅不像小鹅那样温顺。只要有客人到我家，它们就伸长脖子，非要啄一下不可，不知是表示亲热，还是表示警惕。记得有一次，我正在屋里看书，突然听到外面有小孩的哭声，还传来大白鹅“嘎嘎”的叫声。我想，一定是我家的鹅啄人了。我急忙放下书跑了出去，果然有一只鹅正在啄一个小孩，其余的鹅在一旁呐喊助威。我生气地朝那只鹅踢了一脚，吓得其他几只鹅都缩回了脖子，好像在说：“小主人，别打了，饶了我们吧！”我看着它们，心里又好气又好笑。

晚上，我借着皎洁的月光，看着那卧在柴堆边的几只鹅出神。就连睡梦中，我好像也和它们在一起……

（指导教师：赵秀坡）

爱，有时很简单

邓君杭

“大家快来看哪，这儿有只小狗！”一位男同学像哥伦布发现新大陆般兴奋。于是，大伙儿一窝蜂似的涌向楼梯口，把小狗团团围住。顿时，小狗狼狈不堪，汪汪汪地叫着，大大的黑眼睛里盛满害怕，惊恐地望着四周。这是一只误闯入校园的小狗。

马丛立轻轻地蹲下去，伸出手想摸摸小狗的头。可小狗却紧紧地咬住她的裤角，对她的温情“毫不领情”。我见状急了：“马丛立，快，把它扯开，不然它会咬你的。”可她却说：“不会的，我们是真心喜欢它的，它也一定会喜欢我们。”这句话算是说到大家的心坎上了。于是，大伙儿使出浑身解数来吸引小狗的注意。林凌宵拿出了悠悠球，用球轻轻地蹭蹭小狗的鼻子；马丛立则摸摸它的头，捏捏它的耳朵，嘴里不住地喊着“小乖乖”；我想了想，从书包里拿出了牛奶，倒在地上给它喝。也许是迷失了回家的路，许久没有吃东西了，它竟然伸出舌头把牛奶舔了个精光。

见我们不伤害它，渐渐地，它的胆子大了。一双圆溜溜的眼睛，东瞧瞧，西望望，好像对这个世界充满了好奇；那只总是湿漉漉的小鼻子，闻闻这儿，嗅嗅那儿，似乎在寻找什么。一会儿，它又在我的双脚之间蹭来蹭去，甚至朝我扑过来，要我抱。四只小脚不停地动来动去，非常兴奋，真是又好笑又让人心疼。

望着可爱的小狗，我的心怦然一震：是啊，爱，真的很简单——那就是真诚。

（指导教师：林建荣）

秋风里的流浪猫

陆辰俊

“丁零零……”随着一阵轻快的下课铃声，我和同学们迅速整理好书包，冲出了教室。秋天的风带着一丝冰冷拂过我们的脸庞。金色的落叶从树梢滑落，像无数蝴蝶，舞姿蹁跹。大地上金黄一片，仿佛童话里的世界。

我们经过一片草丛，小董手中的面包不小心掉在了地上。这时，一个黑色的影子从草丛里蹿了出来。原来是一只小猫。小猫身上的毛又脏又乱，没有一丝光泽，弱小的身躯微微颤抖着，尾巴像一根脏兮兮的绳子，有气无力地垂在地上。看得出来，它已经很久没有吃东西了。小猫吃了几口，抬头看了看我们，见我们没动静，又忍不住上前吃了起来。真可怜啊！我暗自心想：要是我能把它带回家就好了，可是……一想到妈妈唠叨的样子，我就不敢再往下想了。

晚上，我躺在床上，翻来覆去睡不着觉，脑子里满是小猫的身影：也不知它现在怎样了？“呼——”窗外狂风吹起，地上的落叶簌簌响，漫天飞扬。我更担忧了：这么冷的天，小猫肯定会生病的！我越想越不放心，索性起床，到厨房热了一杯牛奶，然后装好，偷偷出了家门。

夜风继续肆虐着。我脚步匆匆，很快来到了下午遇见小猫的地方。天地黑漆漆的，空无一人。我心里有些害怕，屏住呼吸，小心翼翼地扒开草丛。呵，小猫果然在这儿！它的身体蜷缩成一团，正瑟瑟发抖。多可怜的小猫啊！我心疼极了，赶紧把热牛奶轻轻地放在了它的面前。小猫并没有躲闪，它慢慢地站了起来，贪婪地喝着热腾腾的牛奶。我轻轻地抚摸着小猫，它的身体像一块冰，尾巴是僵直的。等到小猫把牛奶喝完，我才依依不舍地回家了……

第二天早晨，吃早饭时，我又偷偷地拿了一个肉包子塞进书包，飞快地上学去了。我一路狂奔，终于到了熟悉的地方，我取出香喷喷的包子，拨开草丛，却没看见小猫！它去哪里了？我四处找寻，还是没有看见小猫瘦小的身影。我失望极了，叹了一口气，把包子放在草丛中，希望小猫回来后能看见。萧瑟的秋风肆虐着，我失落地去上学了。

后来，我又找了很多次，只是那只可怜的小猫，再也没有出现过……

（指导教师：郭春波）

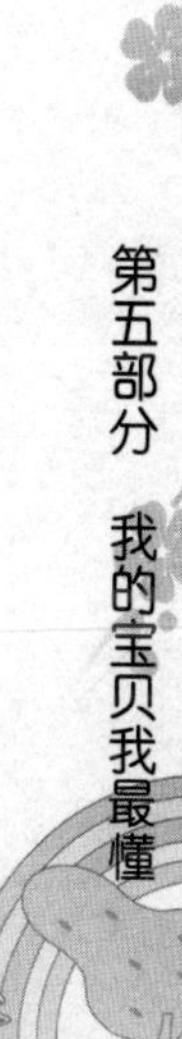

香木项链

潘翔宇

妈妈非常爱美，特别喜欢爸爸从济南买来的香木项链。

香木项链上的香木片是棕色圆形的，一共五十多片，一根金线错落有致地编织着。戴在妈妈的脖子上，非常引人注目。

这一天，妈妈发现珍贵的香木项链不见了，急得都快哭了，她在房间里东找找，西找找，找了整整一天，不仅没找到香木项链，还把家里闹得鸡犬不宁。聪明的我应该给妈妈分忧解愁呀，我想了想，灵机一动，一个好主意跳了出来。

我找来了一根木头，把它削成五十片圆木片，又去找了棕色油彩，把它涂上。不行，还得加点儿消味剂，在太阳下晒几分钟后，难闻的味道就没有了，再把妈妈的香水拿来，“喜喷喷，喜喷喷，噢噢。”我高兴地唱起歌来。经过我的加工，普通的木头片变成了珍贵的香木片了，最后，我用钉子把每个香木片一片一片地穿在一起，一条香喷喷的香木项链就做好了。

“哈哈，和妈妈的香木项链差不多，不仔细看，还真看不出来真假。我真是个天才，潘翔宇万岁！”我高兴地叫着。

我把自己做的香木项链送给了妈妈，妈妈特别高兴。后来，妈妈的真香木项链找到了，有时妈妈戴着爸爸的真香木项链外出活动，有时戴我做的香木项链应酬，用她的话说：香木项链，我最喜欢啦。

（指导教师：陶德智）

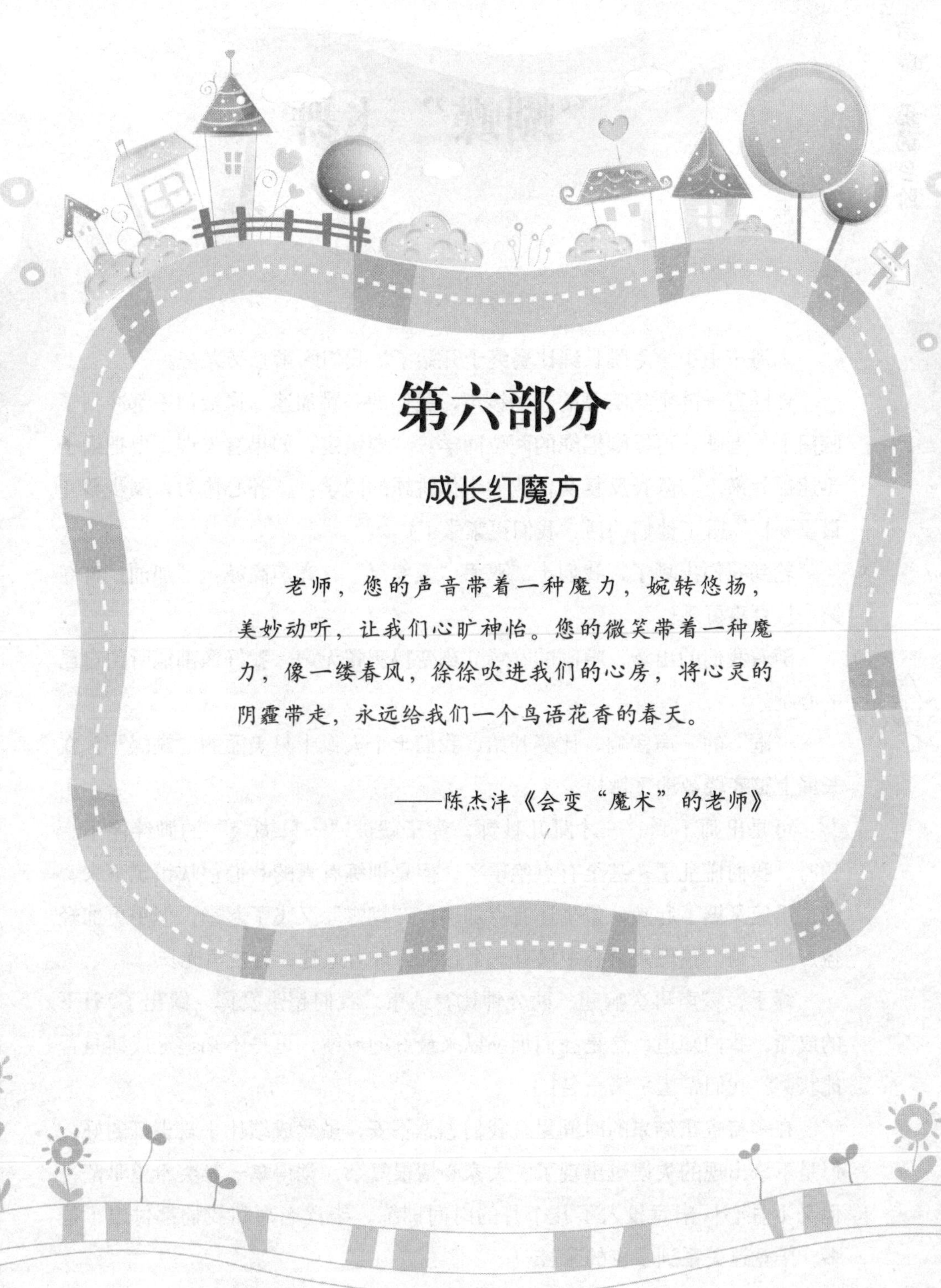

第六部分

成长红魔方

老师，您的声音带着一种魔力，婉转悠扬，美妙动听，让我们心旷神怡。您的微笑带着一种魔力，像一缕春风，徐徐吹进我们的心房，将心灵的阴霾带走，永远给我们一个鸟语花香的春天。

——陈杰沣《会变“魔术”的老师》

“蝴蝶”飞舞

卜艺舟

上海市中小学生跳长绳比赛终于开始了！我们既紧张又兴奋。

伴随着一阵密集响亮的开场锣声，我们的心跳加速，血液似乎都冲到了脑门上。老师一再提醒摇绳的两位同学：“要镇定，如果有失误，要把绳子迅速摇起来。”队长反复交代我们十位跳绳的同学：“齐心协力，脚步整齐最重要！”听了他们的话，我们更紧张了！

轮到我们出场了，我们十二双手“叠罗汉”，齐声高喊：“加油！誓夺第一！百事可乐！”

随着我们的出场，喧闹的赛场立刻变得鸦雀无声，我好像都能听到自己的心跳。

“哐”的一声锣响，比赛开始。我们十个人像十只美丽的“蝴蝶”，在长绳上整齐轻盈地飞舞！

可是出师不利——才跳几秒钟，绳子就被“一只蝴蝶”的脚绊停了。顿时，我们慌乱了，甚至有点绝望了。但是训练有素的我们很快镇定下来，绳子迅速又摇了起来，似乎还有点加速；“蝴蝶”又飞了起来，似乎更加轻盈。那一刻，我想大家心中只有一个念头：奋力追赶，为校争光！

终于，锣声再次响起，两分钟比赛结束。我们超常发挥，跳出了251下的成绩。我们知道，这是我们训练以来最好的成绩，可是不知道这成绩是否能获奖？我们希望是第一名！

在等待宣布结果的时间里，我们忐忑不安，虽然成绩比平日训练的好，但是不该出现的失误也出现了。大家心情很复杂，觉得拿一等奖希望渺茫，但又不甘心！毕竟投入了几个月的时间训练，毕竟老师和我们都付出了很多，毕竟这关系到学校的荣誉……

成绩出来了，我们得了一等奖（第三名）。虽然既没有想象的糟，也没有期待的好，我们还是有点儿沮丧。老师安慰我们：努力了，就应该高兴呀！

我们又像“蝴蝶”一样飞舞起来，互相拍手祝贺我们的成功！

（指导教师：蔡玲玲）

捐　款

代世敏

“只要人人都献出一点爱，世界将变成美好的人间……”这首歌仿佛是一个储蓄库，里面堆积了我所有的情感，它让我的脑海里浮现出许多美好和谐的画面，勾出了我脑海里记忆最深刻的一件事。

我记得事情发生在五年级的第一个学期：

一天下午要放学的时候，老师要我们到操场站队。站好队，校长对大家说：“在我们镇的一个贫困的山村，有一个十一岁的小女孩叫颜玉，她得了白血病，需要很多钱做手术，但她家一贫如洗，怎么办呢？”大家沉默了。校长接着说：“当别人有困难的时候，我们应该伸出援助的手，去帮助需要我们帮助的人。政府部门知道了这件事后，就发出了倡议，动员全县人民献爱心，希望人们积极捐款，去救助那个只有十一岁的小姑娘……”接着，校长给大家念完了倡议书。

校长说完，大家都沉默了，整个会场静静的。

校长又说：“不管你捐多少，都是自己的一点儿心意，我们应该发挥互帮互助的美德，这种行为会使我们的心灵更美，每个人都应该具备这种美德。”同学们认真地听着，每个人的表情都很严肃、很认真。仿佛每个人的脑海里都浮现出那个可怜的小女孩，感觉到这不是她一个人灾难，而是我们共同的灾难。

阳光炙热，同学们的心也同样炙热，周围没有一丝风，空气仿佛停止了流动……

募捐那天，大家非常踊跃。当老师们把募捐箱放在桌子上，由校长带头，每个老师都向箱子里投了钱。接着，同学们个个手里都捏着自己平时积攒下来的零花钱，有秩序地往募捐箱里投钱，有1元、2元、5元、10元……同学们的脸上都带着微笑，心里有说不出的高兴。

刹那间，我明白了什么叫“爱”。虽然我们的力量是渺小的，但有无数的爱心在聚集。

就这样，一点一点，积少成多，来自四面八方的爱汇聚在一起。

时间慢慢地流逝，所有的人都在默默地在祈祷：希望颜玉能尽快地好起来。

（指导教师：曾大勇）

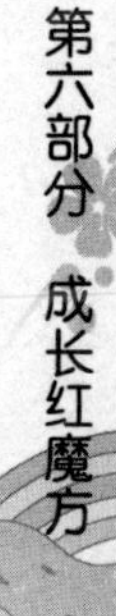

“奥巴马”老师

秦远航

储老师身高不足一米七，皮肤特黑，像是个混血人种。你要是来我们学校，见到一个像极了奥巴马的人，那肯定是教我们数学的储老师。

一日课上，老师可能口渴了。他慢悠悠地从口袋里掏出一盒“真果粒”。我们笑着说：“哈哈！老师也喝‘真果粒’，太逗了！”老师的牛奶瘾好像挺大，一盒“真果粒”几秒钟就喝完了。接着，储老师又把“真果粒”的盒子吸得咕咕直叫，我们又是一阵爆笑。

“这就叫作宰相肚里能撑船——肚量大嘛！你们懂不？”听老师这么一说，我们笑得都喘不过气来了。“杜晨艺，把盒子扔掉！”储老师绷着脸，冷冷地说。杜晨艺只得乖乖地去扔盒子。不料，储老师看见杜晨艺的桌子上有包牛奶，立即奔了过去，抓过牛奶就往嘴边送。咕！咕！哈哈——原来那是已经喝光了的空盒子。储老师随手一扔，像是吃了只活苍蝇，痛苦极了。杜晨艺回来后，还不知道发生了些什么。瞧他，瞪着双眼，惊奇地看着我们。我们都笑得钻到课桌下面去了。

接着，储老师一本正经地说：“上课可以吃东西吗？”直到这时，我们才知道，储老师是在侧面教育我们，课堂上是不可以吃东西的。

储老师啊，你可真幽默！

（指导教师：叶光鑫）

想你了，小过老师

李宏宇

过老师是一位实习老师，教我们美术。由于她年龄不大，我们都叫她小过老师。虽说她只是临时给我们上了两节课，可我们对她的印象却好深好深。

记得她给我们上第一节课时，叫同学们上黑板画景物。我把手举得老高，像要插上天去。老师发现了，笑着让我上去画。我仔细地看着老师在黑板上贴的照片，一笔一笔地画了起来。

终于画好了，老师让我们站在一边，说是要给我们发奖品。老师仔细地端详着黑板上的每一幅画，认认真真地改着。终于改到我的了，我的心不由得紧张起来。“画得真好，90分吧！”小过老师说。90分——好高的分数！我的心里像吃了蜜一样甜。发奖品了，老师给我一个小番茄，我美极了，这可是我第一次得到的能吃的奖品。

又是一节美术课，小过老师一进门，大家便异口同声地叫道：“小过老师好！”这一节课画的是鸟。我又当上了“幸运儿”，被老师选中了。

我选了一只蓝色的鸟的图片，照着样子，起劲儿地画了起来。谁料，这次我只得了80分。可是，让我想不到的是，老师依然温和地跟我说：“没关系，这次画得不好，下次一定要画好哦！”说着，老师仍奖我一个小番茄。

就在小过老师上完第二节课的那次课下，我们都围住了她，舍不得让她走，直到上课铃声响起。她还说，等她大学毕业了，一定会上这儿来教我们的。

小过老师，我们都好喜欢好喜欢你！别忘了你对我们的承诺好吗？小过老师，我们想你了，快回来给我们上课吧！

（指导教师：叶光鑫）

爱在旅途

邢 妍

这是我们小学阶段最后一次班级集体出游，大家都踊跃参加。

早晨，大家都提前来到集合地点，像一群活跃的鸟儿，叽叽喳喳，一路上嬉戏、玩闹个不停。

开始爬山了，我们都争先恐后地爬，初升的太阳似乎也感到好奇，瞪着大眼睛，想看谁爬得快。但我们好像不在乎输赢，跑在前面的同学总不时地停下来，招呼后面的同学跟上，还提醒着哪儿有危险。累了，大家就一起坐下来歇会儿，但时间不等人，精力稍微恢复就又开始前进。

还未到半山腰，我们就累了。山路上到处是大大小小的碎石子，路面坑坑洼洼，又很陡峭。我小心翼翼地踩好每一步，那些石子很调皮，我踏上它们，一用力，它们就骨碌一翻身，想要我，但它们想错了。我一站立不稳，面前就会伸来一只手，搀扶住我，牵引着我继续前进。山路越来越不好走，我们彼此搀扶着，前拉后推着前进，有时真是“四蹄”着地，爬着前进，没有谁笑话谁，大家在自顾不暇时还在提醒别人“小心点儿”“不要怕”……

我们这些被父母宠坏了的孩子，平时实在太幸福了。现在可苦了，我们大家就来个“共产”，毫不吝啬地为同学掏光背包里的东西，直到自己精疲力竭，瘫软倒地，还有歌声、笑话奉献给大家。这时我看到了同学之间珍贵的友谊，这是六年小学生活给我们留下的宝贵财富。

坐在回家的车上，我们的情绪都有点儿低落。我知道大家都很留恋这段历程，留恋我们的小学生活，因为我们都为此付出了爱，也获得了爱的享受。

（指导教师：夏礼平）

那次，我错怪了妈妈

左博伟

一轮明月挂在天上，四周一片寂静，但黑云正在漫开来。

“妈妈，怎么又停电了！”我大声喊道。

“刚才还有电啊！”妈妈随后应了一句。

“我今晚还有许多作业要做啊，怎么办？”我又气又急地说。妈妈却没有作声，我只听见门“吱”的一声。“妈妈怎么出去了？哼，真烦人！明知没电还要出去，留我一个人在家。”我抱怨着。

哎呀，这天气怎么和我的心情一样啊！电闪雷鸣，下起雨来了，更让我感到孤独，没了依靠。虽说人要在生活中不断地磨炼自己，不要因小小的困难而惊慌得像个胆小鬼，但此时此刻，我只感到自己是一滴孤独的水，需要把它放进大海才不会干涸。可我的“大海”却出去了，我依靠谁呢？又是一个惊雷，把我的思绪拉了回来，我感到十分恐惧。

这时，我听到门外有人在喊我，紧接着门“吱”的一声开了，在闪电的光亮中，我看到妈妈回来了。她那被雨水打湿了的头发紧紧地贴在额上。她着急地问我：“小伟，吓着了吧！我出去买蜡烛，刚巧打雷下雨。”天啊，原来妈妈是给我买蜡烛去了。妈妈如此关心我，但我却不能理解，常常对她发脾气，我真是不应该呀！

蜡烛亮起来了，发出的是爱的光芒，黑暗随之退却到角落里去了。

（指导教师：夏礼平）

小鸭子的故事

张余余

晚上看电视，有一则广告吸引了我：一位年轻的妈妈给孩子洗脚，并把两只洗好的脚比做上岸的小鸭子。洗好后，她又去给一位老奶奶洗脚，这一切全被孩子看到了。待她回来时，孩子端着一盆水，摇摇晃晃地走来，说："妈妈，洗脚。"还说要给妈妈也讲讲"小鸭子"的故事。

我看看劳累了一天的妈妈，她正坐在一旁打瞌睡。妈妈太累了，从小到大，几乎都是妈妈帮我洗脚，妈妈给我洗脚时，我感到很舒服，也认为理所当然。今天，我要给妈妈洗洗脚。

我往脚盆里倒了点儿热水，又掺了点儿凉水，用手摸一下，水温正好。我帮妈妈脱掉鞋子和袜子，妈妈突然醒了，问我："你干什么？"我说："给你洗洗脚。""你？"妈妈好像对我有所怀疑。"真的，我要给你洗脚。"妈妈笑了，我发现那笑容里有一种甜蜜的幸福。

妈妈是汗脚，有一股臭味儿。脚底下有层老茧，我用手轻轻地抚摩着，这都是为家操劳的结果啊！我一边洗，一边给妈妈按摩脚，看着妈妈很舒服的样子，我洗得更带劲儿了。我用毛巾把妈妈脚上的水擦干，说："好了，小鸭子上岸了。"妈妈皱起了眉："你说什么，叫我小丫子？"我笑得喘不过气来，忙解释说："我的好妈妈，我怎么敢叫你的小名呢，我是说你的脚像上岸的小鸭子，嘎嘎！"

妈妈也笑了。我看到她的眼角涌出两颗闪亮的泪花。我知道，那是幸福的泪花。

妈妈，我爱您，女儿明晚还要给您讲"小鸭子的故事"。

（指导教师：孙娟）

作弊

阮 雪

读三年级的时候，我数学成绩很好，但对语文却不感兴趣，最怕写作文，所以语文成绩很差。

那个学期的期中考试前，我在离我家不远的另一个学校弄到了期中考试的语文卷子。那个学校和我们学校用的是同样的卷子，不同的是，他们的考试比我们早几天。有了卷子，我用了一个晚上时间，又是翻书，又是查字典，把所有的基础题都做了，并且记在心中，又找来一篇合适的作文死死地背熟。

果然，那次期中考试，我的语文成绩出奇的好，居然得了全班第一名。我清楚地记得当时发试卷时的情景，张老师拿起我的卷子，望了望全班同学，停了片刻，说："这次期中考试，阮雪同学的进步非常大，全班第一！"同学们先是一阵惊奇，然后我听见有同学小声地议论开了："她平时语文那么差，居然考第一，一定是作弊得！"顿时，我的心怦怦地跳起来，脸也不由自主地发热，心里好害怕被老师知道。

张老师把试卷递到我手中，接着用右手轻轻地拍了拍我的肩膀，望着我，说："加油，老师相信你以后会做得更好！"我拿了卷子，匆忙地回到座位上，心情稍稍平静了一点，心想，张老师是真不知道，还是假不知道我是作弊得的高分。

从那以后，为了在同学们的面前证明那次考试我不是作弊得高分的，我加倍地努力学习。到期末考试的时候，我的语文成绩已经是真正的全班前三名了。

四年级时的一次作文，我把那次作弊的事在作文里给张老师讲了。作文本很快发了下来，后面是张老师一大段红红的评语："当时我就知道你是作弊的，因为你那时的基础很差，是不可能考出全班第一的。但我相信，只要你从此知道在语文上发愤，是可以考出那样好的成绩的。因为，你很聪明！”

手捧作文本，我的眼泪不觉间掉了下来……

（指导教师：张杰）

这场意外

张泽昱

好不容易盼来了学校第九届运动会，这天本来应该是我大显身手的日子，但是出了点儿小意外，使这一天变成了我最倒霉的日子。

运动会开始了，就在我和同学认真练习三人两足的时候，只听“砰”的一声，一个溜溜球从天而降，不偏不倚，正好砸到了我的头上。我马上感觉有血流了出来，赶紧用手捂住伤口。同学们见了，都跑到老师那里报告。老师听了，急忙跑到我跟前，一边询问我情况，一边用干净的纸擦去从我头上流出的血。可是，我流的血越来越多。最后，她二话没说，拉着我就往医院跑去，边跑还边打电话通知我的家长。

到了医院，我立刻被带到手术床上，穿着白色大褂的大夫细心地为我清洗伤口，然后缝针。老师和妈妈都在一旁不停地安慰我，我本来是想大哭一场的，可是她们着急的样子让我忍住了眼泪，因为我必须坚强些，免得她们更担心。包扎好了伤口回到家，许多同学的家长都打来电话问我的伤情，让我的心感到一阵阵的温暖。

这场意外虽然很不幸，但却让我感受到爱不是远在天边，而是时时刻刻在我身旁的。

（指导教师：陈天雁）

会变“魔术”的老师

陈杰沣

一张圆圆的娃娃脸，两弯浅浅的眉毛，一双写满笑意的小眼睛，溢满了柔情。她的脸上永远都挂着灿烂的微笑，小酒窝里永远装满香醇的酒。这就是我的“魔术”老师。

老师，您的声音带着一种魔力，婉转悠扬，美妙动听，让我们心旷神怡。您的微笑带着一种魔力，像一缕春风，徐徐吹进我们的心房，将心灵的阴霾带走，永远给我们一个鸟语花香的春天。

在课堂上，您更是带着一种魔力，深深地吸引着我们。当我们回答问题正确时，您就会向我们投来鼓励的目光，从那深沉爱护的目光中，我仿佛看到了一片博大宽广的海洋。每当下课的时候，您就会神秘地拿出一个“百宝箱”，然后双手合拢，闭上双眼，嘴上还念念有词：“神奇的百宝箱，快变出孩子们喜欢的礼物吧！”接着便把手伸进所谓的“百宝箱”中，翻了一阵之后，一个棒棒糖出来了，一本精美的笔记本出来了。而这些都是奖励我们的礼物。在我们的心里，您比天上的白云还变化多端，比拥有超能力的魔术师还要神奇呢！

敬爱的“魔术”老师啊，在我心中您是最美的老师。

（指导教师：李珊梅）

老师的眼泪

陈淑贞

人人都说“刘备的江山是哭出来的”，如果这样说的话，那么我们班良好的班风，也可以说是我们的班主任李老师哭出来的！

那一次汶川大地震，学校组织捐款，李老师没有要求每人捐多少。她只是沉重地讲了一些发生在灾区的故事，比如：哪位老师先让同学出来，自己如何牺牲了；哪位小朋友如何救同伴；哪位解放军叔叔如何在救人中牺牲自己……说着说着，李老师哽咽起来了，眼泪涌了出来，而听故事的我们，不是小声抽泣，就是眼圈红红。捐款时，老师无须言语，我们班竟捐了最多。当校长表扬我们时，李老师露出了欣慰的微笑。

晓枫是全校出名的“捣蛋鬼”，连校长都说他无药可医。李老师刚接我们班时，似乎对他讲了不少道理，却不大见效。那天上午他才向李老师保证过，中午就偷人家桃子，被人追得摔破了皮不说，还被他爸爸痛打了一顿。李老师叫他爸爸先回去，她走到晓枫身边，轻轻地掀起晓枫的衣服，眼泪一下子涌出来了。“怎么打这么凶，小孩子不懂事容易犯错误，应该多给他讲道理……”一向坚强的晓枫没等李老师说完，就“哇”的一声哭了出来，“老师，我错了，我一定改！”从那以后，晓枫再也没做坏事，好事却做了不少。李老师的眼泪还真有效。

学校要举行体操比赛，李老师充分利用课外时间让我们训练，同学们也很认真。可临近比赛时，班里传出二班的同学动作比我们到位，还比我们整齐，于是训练时，不少同学就做得很随便。李老师发现后问：“大家是不是累了，休息一下。”“老师，我们赢不了二班的。”“老师，二班的比我们整齐。”“二班的太强了，我们没希望。”同学们你一句、我一句地说着。“同学们，听老师说几句好吗？”李老师带着哭腔大声说，同学们一下子安静下来了，李老师继续说，“这是我们三年一班的同学吗？离比赛还有两天，你们不相信自己吗？我们最大的对手不是二班，是我们自己，我们不要轻视自己，老师相信你们……”没讲完李老师又流泪了。同学们沉默了一会儿后，班长说：“老师继续吧！”老师的眼泪让我们刻苦训练，终于以一分的优势赢了二班。

老师的眼泪总是能发挥意想不到的效果，我们能取得“文明班级”的荣誉还要归功于老师的眼泪。

（指导教师：李彩招）

甜甜的甑糕

杨　露

早晨，我刚起床，就听见外面有人在吆喝："卖甑糕！卖甑糕喽！"听到这喊声，三年前发生的那件事仿佛浮现在我的眼前。

那是我上三年级时的一天下午，我们班同学在教室门前朗读课文，由我领读。突然，我看见我们班的语文老师王老师，一手拿着一双筷子，一手端着一盒热气腾腾的甑糕，朝我们走过来。

我心里纳闷：王老师吃甑糕，为什么要到我们跟前来？同学们都读得很认真呀?

王老师朝我点点头，示意我到她跟前去。我不知道有什么事，急忙走过去。她笑眯眯地对我说："杨露，咱们班这次语文期中考试考得比较好，名列全镇第一，这盒甑糕是给大家的奖品，送给大家。来，你是班长，先带个头。"

我听了觉得很不好意思，我们都知道老师的工资并不高，我们怎么好意思吃老师买的东西，于是我就说："王老师，这可不行，甑糕是您花钱买的，您应该自已吃，我们不能吃！再说了，考试考得好，也是您的功劳呀！"

王老师笑着说："呵呵，还不好意思呀，这是老师奖励你们的，吃吧！""既然是奖励，那我们就不客气了！"有同学调皮地说。于是，我们班上十五名同学分吃了那盒甑糕，这可能是最普通的奖励，但是对于我们来说，却是最好的奖励。

三年不知不觉就过去了，王老师早已去别的学校教学了，可是，那次吃甑糕的情景至今仍历历在目。我们忘不了敬爱的王老师，忘不了那甜甜的甑糕。

（指导教师：赵学潮）

一碗姜汤

彭瑞欢

天公不作美，上午放学时，忽然淅淅沥沥地下起雨来。我没带雨具，只好用书包盖住头，朝雨中冲去。刚到学校门口，冷不丁撞在了一个人身上。我抬头一看，呀，原来是老妈。于是，老妈和我共用一把雨伞回家去。一路上，我隐约发现雨伞老往我这边倾斜。等到家时，我才猛然发现老妈的右肩上已湿了一大片……

下午放学后，我回到家，发现老妈躺在床上，脸色煞白。我忙上前关切地询问："妈，您怎么了？""我没事，晌午淋雨着了点儿凉。"老妈有气无力地说。我有些懊悔。忽然，一个念头在我脑里萌生：我给老妈熬碗姜汤吧，它可以驱寒暖身子。我放下书包，走进厨房，找出生姜，有模有样地干起来：切姜、加水、调火，一丝一毫也不马虎。我边做边美滋滋地心想：老妈喝了我的姜汤，一定会很快好起来……过了半个多小时，一碗热气腾腾的姜汤终于"闪亮登场"了。

我小心翼翼地将它捧到老妈面前。此时，老妈手里正给我织着毛衣。我鼻子一酸，泪水"哗——"地流了下来。老爸出国打工两年多了，老妈为了我这个宝贝女儿，不辞劳苦奔波在吴家坡与寺前街两点一线之间。想到这里，我深情地叫了一声："妈！"老妈惊讶地望着我手中的姜汤。要知道，平时我可是从不下厨的呀。我把姜汤递过去，老妈接过碗轻轻地吹了一下，喝下一大口。她放下碗，一把将我揽入怀中，热泪滴在我的脸上。老妈哽咽着说："谢——谢你，我的好瑞瑞，妈现在好多了。"

我站起身，轻轻地说："妈，您太辛苦了！"这一刻，我清晰地看到，老妈滴下的泪水已经打湿了一大片被子……

（指导教师：赵学潮）

感谢师恩

童欣雪

顾老师是我们班新来的语文老师。我刚一见到她，就觉得她是一位可亲、可敬的好老师。顾老师上课时，生动有趣，引人入胜，使我这个对语文课从来不怎么感冒的人，竟然如痴如醉地喜欢上了语文课，真是神了！

“上课！”顾老师用温柔而有力的声音说。然后只听顾老师微笑着说：“这次作文，大家都写得不错，有三位同学可以到班级博客上发表，这三位同学是……童欣雪……”别人的名字我都没注意听，可一听见自己的名字，不禁吓了一大跳。我连忙跑到讲台上，顾老师已经把作文本递到我面前了。顾老师温和地对我说；“这次作文写得不错噢，不光文章写长了，字也开始清楚起来了……”一席话如同阵阵暖风吹入我的心田。回到座位上，我看着作业本上那两个鲜红的大字——发表，心里真有一种说不出的味道。这对于我可是破天荒——头一遭啊，我能不激动吗！

顾老师对我也有严厉的时候。清楚地记得有一次顾老师出差，一回来，便开始仔细地检查起我们前几天的语文作业。这时她发现，我的作业明显退步了，便严肃地批评道：“你怎么回事？我出差才几天，你的字就写得不认真了？看看你自己的作业本，这么潦草的字你也写得出来！”同学们的目光像探照灯一样都集中到了我的身上，我突然感觉自己像被打入了十八层地狱似的，真恨不得地上有个缝，好让我钻进去，永远不要出来。顾老师把作业本放到我的桌子上，然后又语重心长地对大家说：“学习如逆水行舟，不进则退呀！”

下课后，顾老师罚我把作业重新写一遍，然后交给她。我看着那些扭得乱七八糟的字，无比愧疚地低下了头，开始认认真真地抄写。我一边抄一边想，我以后绝不敢再马虎了。

顾老师，您就是这样一位既慈祥又严厉的好老师，为了学生的健康成长，您呕心沥血。在我的眼里，您就像我们的第二任父母，关心呵护着我们。在此，我想对您说一声："谢谢您，顾老师！您是我们的好老师，不论在哪里，我们永远也不会忘记您对我们的爱！"

（指导教师：胡文杰）

一次特殊的班会

冯婕娟

9月10日是教师节，为此，我们开了一次特殊的班会。

班长先用彩色粉笔在黑板上写下“祝老师节日快乐”几个漂亮的大字，那字格外引人注目，本来吵闹的同学们一下子都安静了。

老师被请来了。班长宣布：“让我们每人用一句诚挚的话祝老师节日快乐！”同学们不约而同地鼓起掌来。“首先请1号同学来说。”冯倩身为1号，首当其冲：“祝老师节日快乐！”这句话本来就在黑板上写着呢，不免引来同学的笑声。“2号。”“祝老师节日快乐！”又是这句，没创意！“3号。”“祝老师福如东海，寿比南山！”晕，老师很老了吗？“4号。”“祝老师……”前面的同学一个个说着祝福语，也快轮到我了，但我脑袋里竟一片空白。“20号。”六神无主的我忽然瞧见一张红纸，眼前一亮，心里一笑：嘿嘿，就用这招啦！于是我滔滔不绝地说起了新年祝福语：“祝老师身体健康、心想事成、万事如意……”当我讲得酣畅淋漓时，差点儿把“恭喜发财，红包拿来”也一起说出来，幸亏我脑子转得快，及时改成了“最后祝老师桃李满天下”。当然，我的精彩发言赢得了同学们热烈的掌声。

同学们都祝福完后，老师笑着说：“听着你们的祝福我很高兴，这次的教师节让我感到你们长大了，感到培育了几年的花儿终于开了——懂事了！老师希望你们以最大的努力考出好成绩，让老师看着你们毕业的成绩单，美美地笑上一回！”

这一刻，老师谆谆的教诲、温情的鼓励……这些声音都萦绕在耳边。老师啊，我喜欢您，尊敬您……

（指导教师：陈双凤）

我为妈妈洗衣服

王珊珊

记得那是上周星期六的下午，妈妈需要处理一些事情，很忙很忙。我很想让妈妈能轻松一点，开心一下。于是，我准备为妈妈洗一次衣服。我学着妈妈的样子，拿出了一个洗衣服的盆，先倒了些水，又在里面放了一勺洗衣粉，搅匀后，再把衣服放了进去。我用手搓了起来，过了一会儿，衣服上起了许多泡泡。一个个大大小小的泡泡，在阳光的照射下，五彩缤纷，美丽极了。我继续使劲儿地搓着，揉着，一双小手都搓得通红了，腰也酸了。才洗这么一会儿，我就觉得很累，妈妈却一年四季都在不停地为我操劳。妈妈是多么辛苦、多么疲惫，可妈妈从没有在我们面前叫一声苦，喊一声累。相反，我每天看到的总是一脸的微笑。

我真觉得我对妈妈的关心太少了，平常我总是向妈妈索取爱，却没有想到做孩子的也应该去关心父母。想到这些，我不由得加快了速度，还情不自禁地哼起了："世上只有妈妈好，有妈的孩子像块宝……"

看着污渍被我一点一点地搓掉，我笑了，因为我希望这污渍代表妈妈的劳累和压力，这样我就可以让妈妈少一点劳累和压力，多一些快乐和开心。

第一盆水已经变成了脏水，在倒掉的时候我又笑了，甜甜地笑了，因为我仿佛看见妈妈的许许多多的劳累和压力就这样被我倒掉了。而我希望这些能换成快乐和开心，让妈妈的每一天都没有烦恼。就这样我开心地一遍又一遍地清洗着妈妈的衣服，我的脑子里好像呈现出了一张妈妈的笑脸，那张笑脸再也没有疲惫了。我刚把洗得干干净净的衣服晾起来，妈妈就从外面回来了。看着那些晾好的衣服，妈妈的眼睛里放出了惊喜的光芒，"我的女儿真是个懂事的好孩子。"妈妈连声说。最后妈妈还给了我的脸蛋一个最热烈的吻。

晚上，我躺在床上，一边看着窗外的月亮，一边想起为妈妈洗衣服的事。月亮好像正笑眯眯地对我说：“小朋友，真棒！”

通过这件事，我知道了妈妈也会有许多的劳累和辛苦，在工作上我帮不了妈妈，但我想：我一定要尽力为妈妈多做些家务，让妈妈感受到家的温暖，也让妈妈更开心更快乐！

（指导老师：方有书）

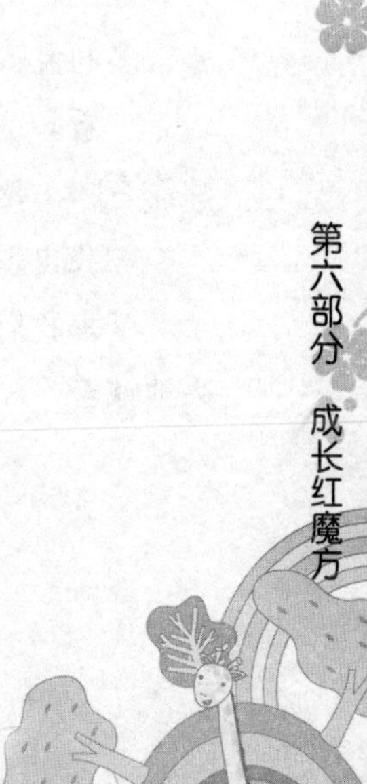

空中楼阁的主人

戴志伟

“你们看到空中楼阁了吗？就是飘浮在云彩上的那个房子。”看到小伙伴们都摇摇头，叶叶也急了，“还没看到啊，那就把头抬高一点儿哦。”小伙伴们把头抬得高高地看向了天空。

“这下看到了吧！”爱编故事的叶叶高兴了。

“可是那上面的房子里住的是谁呢？”一个看到空中楼阁的小伙伴问叶叶。“嗯，你们都不知道了吧，那我来告诉你们哦！”叶叶讲起了空中楼阁主人的故事——

在空中楼阁里住的是一个很可爱的小女孩，就跟我们一样大呢，可是她的耳朵再也不能听到声音了，是因为城市里的噪音，她的耳朵才听不见的。小女孩听不见了，她十分伤心，再不愿意住在城市里了。有一天晚上，她对着天空的流星许下了一个愿望：我要住到天空的云彩上面去。流星帮她实现了愿望，只听得“咻——”的一声，小女孩住的房子就升到云彩上去了。小女孩高兴极了，她以后都不用听城市里吵闹的声音了，再也没有人会来打扰她。她就在她的空中楼阁里，做着她最喜欢做的事——画画，蓝天白云给了她很多的灵感呢！

“看，这幅画是不是很好看啊。”叶叶见自己编的故事让小伙伴们听得津津有味，越开心了。她找出一幅画，说是空中楼阁里的女孩送给她的。

“我也想去空中楼阁看看！”

“那我们就一起去吧，看！小女孩的飞行器下来接我们了哦！”叶叶高兴地喊着。

（指导教师：林丙程）

我有一双火眼金睛

赵 逸

由于我多年担任寝室长，且非常热爱这份工作，于是练就了一双火眼金睛，同学们任何细微的差错都逃不过它。

每天起床要叠齐被子、抹平床单。有的同学被子总是歪歪扭扭的，床单总是皱巴巴的。我反复教，他们都不达标，后来就要小把戏“糊弄”我——把床单抹平的一边让我检查，另一边皱巴巴地藏在被子底下。我很快发现了异样，端开被子便原形毕露。他们惭愧地说：“你不愧有一双火眼金睛啊！”

后来，我想了一招：教他们把叠好的被子先放在椅子上，然后把床单弄平整了，再把被子放上去，效果又快又好。

最容易出差错的是镜子。有些同学用抹布擦完水印后就走人了，认为自己完成得很好。我常常被镜子上的“抽象画”给怔住。原来，一滴滴污水竟组成了一幅幅“朦胧画”。这还了得，要是被老师看到了……我赶紧拿来报纸先擦一遍，用餐巾纸再擦一遍，这才还原了镜子的原貌。

后来我把这个方法教给了同学们。他们羞愧地说：“什么差错都逃不过你的火眼金睛哦！”

我每次走进寝室，都会习惯性地环视一周，看到整洁的寝室，就会感到非常爽快。

有一次，我刚进寝室就觉得不顺眼，到底哪里出了问题？我又环顾了一遍，目光落到了书架上，三个空饮料瓶非常“扎眼”地立在那儿，活像几颗定时炸弹随时要爆炸似的。我箭一般地冲了过去，抱起它们就扔进了垃圾桶里。

突然，一个身影从厕所间里冲了出来直奔书架，惊呼：“瓶子呢？”“已经帮你扔了。”他舒了口气：“刚才我急着上厕所，没想到那么短的时间里，三个小瓶子都逃不过你的火眼金睛呀！”

我用火眼金睛纠正了同学们的小毛病，维护了我们寝室的荣誉。

在我的努力下，同学们就像亲兄弟，互帮互助；寝室就像我们的家，整洁舒适。

（指导教师：蔡玲玲）

银炫儿的礼物

周　佳

“老师，我捡到一本本子，不知道是谁的……”银炫儿抱着一本本子小跑着，进了金老师的办公室。“哦，上课时我到班上问问。”金老师摸了摸银炫儿的头，笑着说。

“今天是金老师的生日！”豆豆边玩小汽车，边跟同桌玲莉莉说。

“班长银炫儿已经送去礼物了！”

“好像那礼物挺便宜。”

“那当然，我看银炫儿家最值钱的就只有她的名字了，哈哈哈哈……”

窗外，阳光很温暖；教室内，豆豆和玲莉莉的话却很是寒人。

“班长银炫儿捡到一本本子，是谁的？”教室里静得出奇。“没人认领，我留着当奖品发了吧！”

在银炫儿的记忆中，那年的秋天，好像过了几个世纪一样，那么漫长，那么刻骨铭心……因为就在金老师生日的第二天，金老师就到市区进修去了。

一天，银炫儿整理金老师的物品时，发现了那本自己送给金老师的本子——它旧了，有些黄。金老师肯定不知道是炫儿送的，否则，那天金老师也不会在班上找寻失主了，更不会说以后把它当奖品发了。

一个飘雪的日子，校门口突然出现了一个高大的男人。他，面带微笑，阳光般灿烂，只是脸型略显消瘦。“金……金老师！”银炫儿简直不敢相信自己的眼睛。“炫儿！”金老师抱住了眼前的这位小姑娘，原地转了好几圈。

教室外面，雪花狂舞，冷风劲吹。可教室内，金老师和孩子们的心，是沸腾的。

（指导教师：叶光鑫）

雨 中

雷 欢

老爸在寺前街上摆了个水果摊，生意挺不错。昨天，他因不堪忍受手上“软疣”的困扰，一气之下去寺前医院做了切除手术。今天一大早，老妈帮他摆好水果摊后，因有急事匆匆去了外婆家。眼看夜幕已经降临，可老妈还没回来。水果摊咋收呢？老爸急得像热锅上的蚂蚁——团团转。

我见了，便毛遂自荐说：“老爸，我来帮你收拾水果摊吧？”老爸用半信半疑的眼神打量了我一番，问：“你小子行吗？”

“大丈夫一言既出，驷马难追。”我拍拍胸脯，斩钉截铁地说，“行！保准没问题！”刚开始，我觉得搬水果挺轻松的，一边搬，一边嘴里还哼着歌。渐渐地，我感觉有些累了，歌也不想哼了。

这时，天公不作美，竟“哗啦啦”地下起雨来。眼看老爸的“心肝宝贝”就要泡在雨中了，我不得不加快速度去搬。老爸因为手上有伤，急得在一旁直跺脚。很快，我就累得筋疲力尽了。要在平日，我早就溜之大吉了，可今天……我回头望了望老爸，他冲我心疼地笑了笑。老爸的笑深深地刺疼了我的心。要知道雨中的这些水果，是老爸前天才花了一千多元从大荔水果批发市场进回来的呀！我咬紧牙关，拼命搬着，快速穿梭在水果摊和家门口的平房之间。水果终于搬完了，只剩下一个大床板和几只小板凳还淋在雨中。老爸舒了口气，对我说：“欢欢，算了，等一会儿雨小了再搬吧。”我冲他笑了笑，又冲向雨中。笨重的大床板终于被我搬进平房来了。

这时，我累得一屁股坐在那儿，动也不想动一下，任凭头上的雨水一滴一滴往下掉。老妈心急火燎地从外婆家赶回来了。她一见我淋成“落汤鸡”的样子，就抱住我失声痛哭起来：“我的好儿子，看把你淋成啥样了！”然后哽咽着去房间给我找要换的衣裳……

（指导教师：赵学潮）

我忘不了

吴雅静

李老师今年不再担任我们的班主任了，但关于她的一切，我永远也忘不了……

我忘不了那一次调座位。本来我和玉子是同桌，我文静，不爱说话，办事认真谨慎。而同桌的个性却与我截然不同，她活泼开朗，整天无忧无虑，喜欢打打闹闹。说实在的，我很不喜欢她。终于，一学期过去了，新学期开始了，又要调座位了，我把自己的想法告诉了李老师。李老师想了想，微笑着说："请你设法找出玉子的一些优点，然后告诉同学们，让其他同学主动跟她同桌。好吗？"

听了李老师的话，我在日记本上记下了玉子的一些事情。

"她主动帮一年级的小同学扫地。"

"她制止小同学摘花。"

"她带着受欺负的小同学找那个高个子男生评理。"

……

两天过去了，我看着记录下来的内容，足足有两页纸。想到自己的自私与偏见，我不禁觉得脸上火烧火燎的……班会上，我激动地说："我还要与玉子同桌！"李老师听了，欣慰地点了点头。

我忘不了李老师那辣辣的目光。那是上学期的期末考试，一道数学选择题像一只拦路虎，挡住了我解题的思路，我一下子焦急不堪。忽然，我看到同桌的笔尖不停地画着，正顺利作答。我侥幸地想："何不问问她。"于是，我看了看李老师，她正好没注意到我。我抓紧机会，碰了碰同桌的手。同桌转过头，睁大了疑问的眼睛。我比画了我不会的题目。没想到这些小动作并没有逃过李老师的眼睛。她目不转睛地盯着我，那目光辣辣的，让我顿

时心跳加快，脸上像着了火似的……

我忘不了……

李老师——我的班主任，您对我们的教导就像蒙蒙细雨，永远滋润着我们的心田，这一切，我永远忘不了。

（指导教师：陈双凤）

回眸，爱的台阶

刘 燕

“啪！”我郁闷地走出家门，“真是的！这就是代沟，一点儿都不懂得体谅我……”我一脸怒气，小声嘀咕着。天空阴沉沉的，乌云密布，似乎随时都有可能降临一场倾盆大雨。我独自一人走在小路上，狠狠地踢着身旁的小石子，发泄着心中的怒火。“儿子，乖，快上来！妈妈有棒棒糖哦！快上来，上来的话妈妈给你吃！快上来……别怕！”一个中年妇女的声音在我身后响起。“妈妈，我怕……我不敢……妈妈……你来牵我上去嘛……好吗？呜呜呜……”这次是一个清脆的童音。我有点儿好奇，正好现在没事可干，不如看看吧。我回眸，不由得一阵惊愕。原来说话的是个盲童和他的妈妈，只见那个小男孩正在一段台阶的最底层，而那位妇女在台阶的最高层。我觉得这件事情肯定很有趣。

“妈妈……我看不见啊……呜，你来拉我上去好吗……妈妈……”小男孩那童真清脆的声音让我不由得心里一颤。我还没有去帮助小男孩的时候，那位妇女似乎早已明白我的想法，用坚定的眼神阻止了我。我放弃了帮助小男孩的想法，继续看着。“不行！你自己上来，不上来你就留在这儿好了！你是男子汉呀！就算看不见也有办法能够上来的！快……不要怕……”妇女的声音变得严厉起来。半晌，小男孩咬紧了下唇，原本无神的双眼，此时此刻不再那么悲伤。小男孩握紧双拳，颤抖的小脚缓缓往上抬，犹豫一会儿之后，才试探似的往下轻轻地放。轻微的摩擦声，小男孩的一只脚已经放在了台阶上，然后，又一只脚……一步，两步，三步……一不小心，小男孩一脚踩空，膝盖被擦伤了。他那小脸微仰着，似乎在期待着什么，沉默了一会儿后，才放声大哭。不过很快又站起来，继续摸索着，迈着台阶。

“妈妈！我会走台阶了！我是男子汉喽……”小男孩终于到了台阶的最高处，眼前的妇女却早已泪流满面——那是怎样的一种煎熬啊！

回眸这一幕，我不由得想起了妈妈，妈妈对我的严厉不正是一种爱的表现吗？这不只是回眸到母子之间爱的一幕，也似乎让我回眸到了从前妈妈对我的爱的一幕幕。我回过头，飞快地向前走，我要向妈妈道歉！天空中的乌云散了，阳光洒在母子俩站在的台阶上，特别温暖……

（指导教师：秋燕）

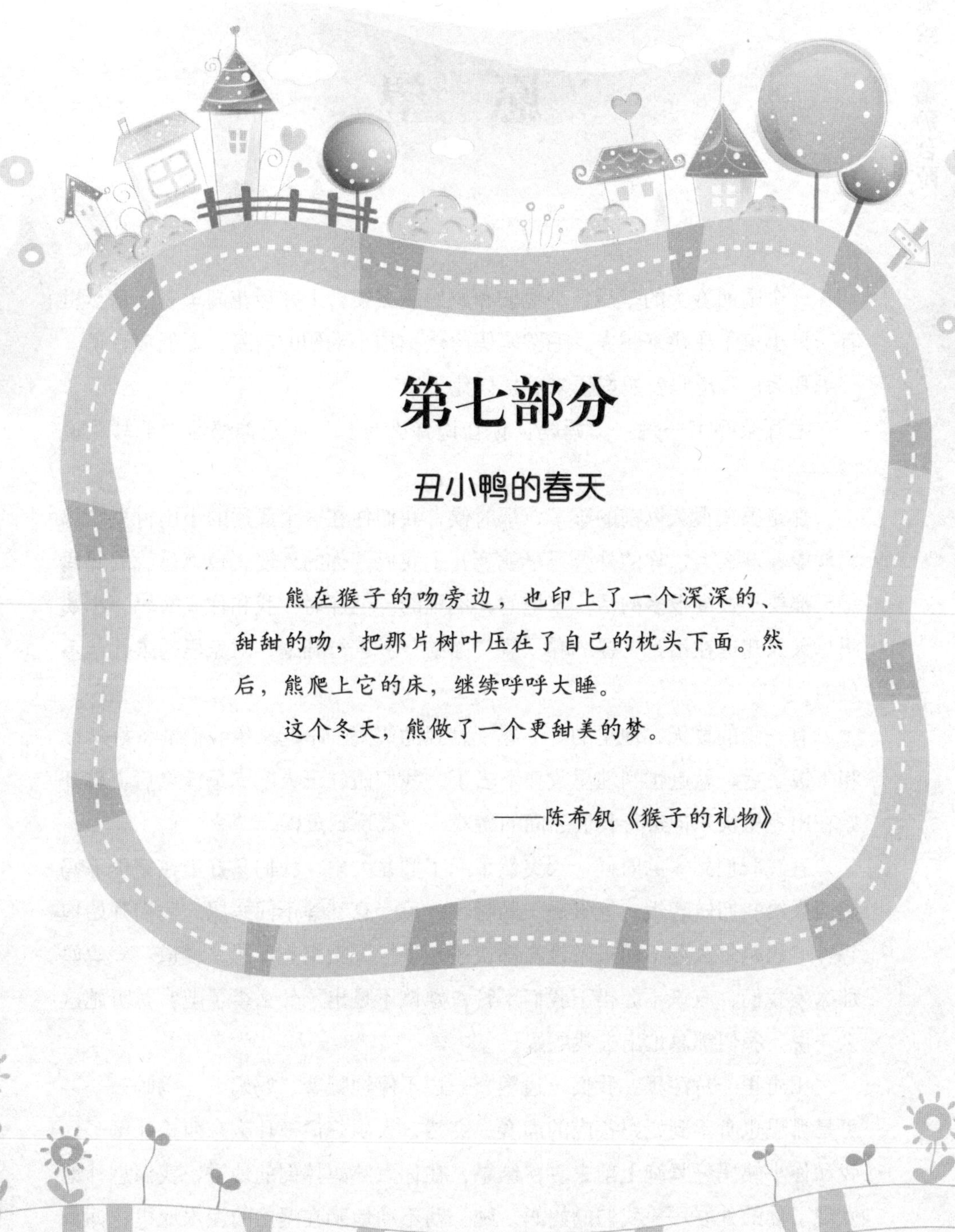

第七部分

丑小鸭的春天

熊在猴子的吻旁边，也印上了一个深深的、甜甜的吻，把那片树叶压在了自己的枕头下面。然后，熊爬上它的床，继续呼呼大睡。

这个冬天，熊做了一个更甜美的梦。

——陈希钒《猴子的礼物》

愿 望

马睿真真

一个晴朗春天的午后，小毛驴和妈妈趴在窗台上往后花园里看。草丛里有一只小兔子在跳来跳去。毛驴妈妈忽然拍拍小毛驴的肩膀，压低声音说："毛耳朵，知道吗？妈妈原来可是只兔子！"

毛耳朵吓了一跳："妈妈！你在说什么呀！"妈妈神秘地向毛耳朵说道——

那是很久很久以前的事了，那时候，我们住在一个遥远的小山村里。妈妈就像你这么大，你的外公很早就离开了我们，你的外婆，也就是我的妈妈每天都要干很多很多的活，家里的，地里的。但那时，我和你大姨妈、小姨妈每天只知道在田野上捉蝴蝶、藏"猫猫"、进行赛跑，对家里的事儿从不过问。

有一年的夏天，地里的萝卜熟了。我的妈妈一早起来给我们准备好早饭和午饭之后，就赶忙到地里收萝卜去了。我们姐妹三人吃完早饭之后，就开始在田野里快乐地进行我们之间的游戏，一直玩到黄昏。

就在我们到家的时候，天突然下起了倾盆大雨。我们只好坐在家里等妈妈回来给我们做晚饭。等呀——等呀——可一直都等不回妈妈。我们开始抱怨："妈妈怎么还不回来做饭？都快饿死了！"大姐想了想，说道："妈妈那么爱我们，应该不会扔下我们不管，她该不是出了什么事了吧？"听她这么一说，我们都急忙出去找妈妈。

田野里一片漆黑。我们一边跑，一边不停地喊着"妈妈——妈妈——"可是哪里也听不到妈妈答应的声音。突然，大姐好像被什么东西给绊倒了，我和你小姨妈赶紧跑上前去看，结果，在你大姨妈摔倒的地方，我们意外地发现了你的外婆——我们的妈妈。她一动不动地躺在湿冷的泥水地里，浑身上下没有一块干的地方。我们哭着喊着："妈妈，你怎么了？快醒醒，你快醒醒呀！”可她还是一动也不动。

我们姐妹三人把妈妈抬回了家，请来了村里的狗医生。他给妈妈检查过后，说，妈妈是因为长期过度劳累，再加上淋了大雨，引发急性心肌炎，导致重度休克。只要吃上他开的药，她就会醒过来的。狗医生给我们开出了药方，药方上写着：100个太阳未升起前带露珠的白萝卜叶子尖、100个经过中午太阳曝晒后的卷缩的没有水分的卷心菜叶、100个刚从水中摘取的新鲜莲子、100根小毛驴心脏部位的雏毛、100滴发自内心的激动泪水。

看完药方后，我们开始商量。大姐说："妈妈生命危在旦夕，事不宜迟，我们明天三点起来拿叶子尖吧。""这主意不错，但我们起得来吗？"我问道。"早睡不就行了？"小妹轻声说。

第二天天没亮，我们便去拿叶子尖，叶子尖拿到手后，还来不及喘口气，又赶紧去摘莲子。一吃完午饭，又赶紧再去抢摘卷心菜叶。一天下来，我们三人，感觉就像骨头散了架似的，浑身没有一丝力气。可去哪里找100根小毛驴心脏部位的雏毛和100滴发自内心的激动泪水呢？

第三天，我们出去找了一天，可一无所获。

第四天，依然没有任何收获。

就在快要绝望的时候，在第五天，在外出找药的途中，我们遇到了一位白胡子老爷爷。老爷爷看到我们这样，便问我们："你们小小年纪，为什么这么沮丧啊？"我们就把发生的事情都告诉了他，老爷爷听后笑着说："真是三个孝顺的好孩子！我可以把你们都变成毛驴来救你们的妈妈。"我们一听喜出望外，都欢呼了起来："真是太好了！我们的妈妈有救了！"

但是老爷爷又接着说："可别高兴得太早了！你们可要想好了，一旦变成毛驴，就再也变不回兔子了。你们真的决定要变成毛驴吗？"

我们异口同声地答道："只要能救妈妈，我们愿意做任何事情！"

大姐紧跟着说道："老爷爷，我们还有个请求，希望您能帮我们实现——能不能让我们的妈妈也变成毛驴，这样，我们就又和妈妈一样了。"

老爷爷顿了一下，说："那好吧，就如你们所愿，我会帮你们实现愿望的。"

当我们急匆匆地赶回家时，发现我们三个都已经变成了小毛驴，我们高兴得流下了激动的泪水。这时，狗医生从门外走了进来，用一个大瓦罐接住了我们的泪水。他说：“你们的药已经找齐了，你们的妈妈有救了。但如果以后再出现这样的情况，我可就无能为力了，你们也就会永远失去你们的妈妈。记住了吗？”我们都狠狠地点点头，表示再也不会这样了。

妈妈喝下我们煎的药以后，奇迹出现了，她不仅恢复了健康，而且跟我们一样，变成了一头又大又美的毛驴。

听了妈妈讲的故事，毛耳朵问道：“妈妈，那你后悔变成毛驴吗？”妈妈笑着答道：“孩子，当然不后悔了。能有一个健康的妈妈，有一个健康的孩子，我就很满足了。我最大的心愿，就是能这样平静而幸福地生活。幸福其实离你并不远，它就在你的身边，只要一伸手，你就能抓到它。”

（指导教师：王永）

老狮子和小狮子

陈旭东

在森林里有一头狮子，十分凶猛，森林里的所有小动物都十分怕它。可是有一天，它不小心落入猎人的陷阱里，腿摔断了。

一个农夫路过这儿，听到了一阵痛苦的呻吟声，便走上前去，探个究竟。看到狮子的惨状，善良的农夫没有多想，就救出了狮子，并把它带回自己的家中疗养。可是藏在一旁的小狮子却以为是农夫伤害了它的爸爸。于是它便偷偷地跟着农夫，找到了农夫的家。之后便在农夫家附近住了下来，默默地等待着时机，为父报仇！

年复一年，日复一日，小狮子渐渐长大，大狮子一天天衰老，而小狮子对农夫的仇恨也一天天增加。是啊，年幼的小狮子从小就没有爸爸，没有父爱，它认为这都是农夫造成的，对农夫恨之入骨。一天，它趁着农夫一个人下地干活的时候，冲上前去，拼了命地咬农夫。农夫灵活地闪开，小狮子扑了个空，愤怒的小狮子使出全身的力气朝农夫一抓，农夫受伤了。他连忙拿起锄头，向小狮子抡了一下，小狮子的腿也被砍伤了。负伤的小狮子只好逃跑了。

自从被农夫砍伤后，小狮子越来越恨农夫。伤好以后，它便迫不及待地冲进农夫家中，要和农夫决一死战。

这时，老狮子从黑暗中蹿了出来，保护自己的救命恩人。它不顾一切，和自己的孩子厮打在一起。打来打去，双方都筋疲力尽了，父子俩终于认出了对方……

狮子向自己的孩子讲清楚了事情的经过，小狮子听后，惭愧不已。过了几天，老狮子死了，小狮子依照自己父亲的遗言，时时刻刻保护着农夫……

（指导教师：唐禧）

丁丁和牛牛

杨晗雁

有一片森林，山顶上有一棵杉树，像一位战士屹立在山上。山坡上是一片四季常青的油茶树。山脚下大樟树撑起绿荫大伞，千百只小鸟在枝叶间飞跃、歌唱。

森林里住着一头小牛和一只老鼠。它们从小就在一起生活，友谊可想而知有多深厚了。老鼠丁丁有一个梦想，就是去大城市吃一口奶酪。它爷爷的爷爷吃过奶酪，说那是绝世美味，品尝过就死而无憾了。丁丁的生日快到了，它发誓一定要到大城市品尝一回奶酪，小牛牛牛也要跟他一起去。旅行就这样开始了。

听说一直往北走，就能到那儿了。它们俩越过高山，蹚过大河，翻过沙漠，终于到达了这座城市——西门。它俩抬头望着高耸的房子，不禁感叹不已。没见过大场面的牛牛说："这是城市吗？好怪啊！这跑来跑来的怪东西是啥啊？""是巨龟在飞快地爬吧！样子有点儿怪！别看了，我们是来找奶酪的！"丁丁立马就开始找奶酪了。

"咦，这不是奶酪吗？"丁丁向见多识广的猫头鹰学习的"奶酪"两个字果然有用，它在一家食品店的橱窗里看见了奶酪，大声喊了出来。但怎样才能得到这个奶酪呢？"不能偷，不能抢！鸭子老师跟我们说过的。"

"我有牛奶！"牛牛惊喜地叫道，"我可以用牛奶换！"

它们走进了这家店，幸亏这家店的主人是个爱护小动物的人，否则……店家瞪着铜铃似的眼睛向这两只动物走来。他答应牛牛用牛奶换奶酪。

过了一个星期，牛牛终于兑换到了一块奶酪。它捧着奶酪递给丁丁，丁丁别提多开心了。这就是奶酪啊！咬一口，嗯，好香！丁丁想：对了，我要和牛牛分着吃。

但是牛牛已经不见了，丁丁发疯似的寻找，仍一无所获。

店主说：“牛牛为了给你买生日礼物，在过马路的时候被车撞了……”一整晚，丁丁都在痛哭，它把珍贵的奶酪和牛牛葬在了一起。

（指导教师：许德鸿）

小刺猬的枣子

马可人

小刺猬去森林里找果子。

它来到一棵大枣树下，红彤彤的枣子落了一地。

小刺猬开心得打起滚儿来。

不一会儿，它背上扎满了红彤彤的枣子。

小刺猬高高兴兴地往家走。

走着走着，前面几只小松鼠正在做游戏。“啊，这么多红枣！”小松鼠们惊叹道，“小刺猬，你真了不起！”

“想吃吗？”

“想吃——”小松鼠齐声回答。

“尽管拿好了，不要客气。”小刺猬爽快地说。

小松鼠每人拿了一颗红枣，然后齐声说：“谢谢你，小刺猬。”“不用谢我，这是枣树爷爷赠予的。”小刺猬高兴地说，继续向前走。

走着走着，小刺猬忽然觉得身上湿湿的。抬头一看，小猴子正在树枝上呆呆地望着，馋得口水都流出来了。小刺猬朝它笑眯眯地说：“还愣着干什么？下来吃吧。”小猴子不好意思地挠挠头，摘下几颗红枣说：“谢谢你，小刺猬。”“不用谢我，这是枣树爷爷给的。”小刺猬高兴地说，继续向前走。

走着走着，小刺猬到了好朋友小白兔的家门口。它突然想起，今天是小白兔的生日，就想把剩下的红枣送给小白兔当做生日礼物。小白兔看见小刺猬背着红彤彤的枣子来了，很高兴。“祝你生日快乐！”小刺猬说，“本来我背上的红枣挺多的，可……”小刺猬把路上的经历给小白兔说了。小白兔说：“枣子大家吃，才是快乐的！这也是你送给我的最好的生日礼物啊！”

虽然小刺猬回家时背上没有一个红枣了，但是它觉得很幸福！

（指导教师：赵秀坡）

坚持就是一种爱

史翠平

晚上，在漆黑的夜空中，萤火虫不断地飞来飞去，躲在角落里的蜘蛛揉着惺忪的睡眼，气愤地说：“你在瞎折腾什么，不好好休息。搞得别人眼花缭乱的。”

萤火虫听了，不好意思地说：“我这是在为那些夜行者带路呢。看到他们在黑暗中摸索，我就心生不安。”萤火虫瞅了瞅蜘蛛，又说，“难道我这样做有什么不对吗？”蜘蛛听了，心想：也是，萤火虫也够辛苦的，别人都在休息，可它还在忙碌。于是便不再说什么。

是啊，敢于坚持自己的善行，这本身就是一种爱。

（指导教师：李俊平）

猴子的礼物

陈希钒

冬天到了，熊一头钻进自己在大山西面的小窝里，呼呼大睡起来。

“呼噜，呼噜……”它梦见春天来了，太阳像一个熟透的大馅饼晾在天空中，呼呼地冒着热气。它和它的好朋友——大山东边的猴子一起躺在开满了绣球花的草地上……

“叮咚……”熊被门铃声吵醒了，它有点儿气恼地问道：“谁呀？”

门外的人显然没有感觉到熊的不耐烦：“请问是熊先生家吗？这是——嗯，我看一下，这是山东边的猴子寄给您的包裹。”

熊一骨碌爬起来，三下两下拆开包裹，里面是一罐金灿灿的蜂蜜和一片又绿又嫩的树叶。熊立刻感到自己全身上下充满了朝气。“真是让人温暖的礼物呢！”邮递员笑盈盈地说。

一直到邮递员的身影消失在雪地里，熊才关上门，坐在火炉旁，展开了那片绿叶，闻着那只属于春天的清新气息，熊不由得想起了刚才的梦，熊小声地读着树叶上的字——

亲爱的熊：

对不起，打扰你冬眠了。这是我收藏了很久的树叶，在这个看不到绿色的季节里，我把这片树叶寄给你，让你和我一起分享春天的温暖。另外，这罐蜂蜜是我送给你的礼物，你跟我说过，你最喜欢吃蜂蜜。正好，蜜蜂送给我一罐蜂蜜，我把它转送给你，让我们的爱在这其中传递。另外，我还为你留了一袋榛子，但因为邮递员拿的东西太多了，所以这次没能一起寄来。等春天来的时候，你一定要记得来我家玩呢！

猴子

后面印着一个大大的吻。

熊用指头蘸了一点蜂蜜放进嘴里，好甜呀！一种暖暖的、太阳的味道从嘴里蔓延到心里，好像猴子甜甜的吻。

熊在猴子的吻旁边，也印上了一个深深的、甜甜的吻，把那片树叶压在了自己的枕头下面。然后，熊爬上它的床，继续呼呼大睡。

这个冬天，熊做了一个更甜美的梦。

（指导教师：陈娜娟）

妈妈就是我的船

庄雪晶

在一次海啸中，一座豪华的别墅漂在一望无际的茫茫大海之上。远远望去，两只小动物正站在屋顶上，打着哆嗦。

一只是狗妈妈杰莉，一只是刚出生没多久的小狗儿克浪。突如其来的海啸，把克浪的父亲——大狗克流卷走了，母子俩伤心不已。

杰莉一边擦着眼泪，一边对儿子说："孩子，我们一定要坚强起来，逃出去！""好！"克浪强忍着疼痛，坚强地应道，又吞吞吐吐地说，"妈！我们得好好想想办法，这样待下去也不是个办法呀！"杰莉点头称是。于是，它们抱成一团，开始想办法。海风"呼呼"地吹着，吹在这对可怜的母子身上，如刀割一般疼痛；浪花狠狠地拍击着，水滴轻轻地溅在它们身上，使它们受伤的心更加难过。克浪禁不住寒风的侵袭，忍不住说："妈妈，我冷。"杰莉听了，着急万分，抚摸着儿子的毛，说："别怕别怕，有妈妈在这里！"说完将儿子压在身体之下，以自己的体温为它保暖。

就这样，一眨眼过了三天，它们仍没有想到逃离危险的办法，也没有人来救它们。杰莉着急了，情急之下，牵着儿子来到离海水较近的地方，说："儿子，来，待会儿我下水的时候，你千万要待在妈妈身上，不要沾到水了！好吗？"克浪还小，不知道母亲要干什么，就点点头。杰莉点点头，笑了笑，"嗖——"地下了水。儿子马上跳在妈妈身上，安安稳稳地坐好。这时，杰莉吃力地划动着双脚，往前方的陆地游去。天气是那么的寒冷，水是那么的深……

不久，人们在陆地上看到那两只可怜的狗儿，杰莉已经死了，克浪虽然昏迷不醒，但却幸运地活了下来……

（指导教师：陈娜娟）

收集爱

何 然

我是一只再普通不过的小精灵，我每天都坐在冷冷清清的天空小屋里。孤单和寂寞围绕在我的身边，我感受不到快乐。

这一天，天母来到了我的小屋，看着我苦恼的样子，就拿出一个可爱的心形瓶子，并对我说："这里有一个'爱之瓶'，如果你把这里面装满爱，你便会得到你想要的。"说完便消失不见了，只留下这只瓶子。

我来到了人间，左看看，右瞧瞧，大街上到处都是人类，我飞来飞去，都没有落身的地方。当然，身为精灵的我，人类是看不见的。

迎面走来一个小女孩，或许跟着她，能收集到爱。我跟着她，飞进了她的家。我呆呆地看着她写作业，觉得很无聊。

不一会儿，她的妈妈回来了，走进她的房间，和她谈论一天发生过的事情。我听得入了迷，都没察觉到爱之瓶里已经渗入了一点漂亮的粉色。原来亲人之间有爱!

我走到公园里，看见几个小朋友正兴高采烈地踢毽子。仔细一看，这里面也藏着深深的爱。突然，一个小女孩摔倒了，腿上碰破了一块皮，疼得哇哇大哭。另一个小女孩赶忙扶她起来，把她扶到长椅上，一边安慰她，一边拿出纸巾，擦着她的眼泪。爱之瓶里又掺和进了一些纯洁的白色。原来朋友之间也有爱!

我离开公园，太阳已经快下山了。我变成一个老人，上了一辆公共汽车。我没有钱，只好悄悄地从口袋里变出了一元钱。我一上车，车上的人就纷纷起身给我让座。我被这一幕感动了，忙让他们坐下，说我站着就可以了。我感动得差点儿流下眼泪，爱之瓶里又流露出一些干净的浅蓝，它满了。

我回到我的小屋，天母在那里等着我呢。我把爱之瓶拿给天母看，并对她说："我已经找到了我想要的，谢谢您，天母。"天母只是微微地笑笑，便离开了。从此以后，我的生活处处充满了爱。

（指导教师：王君）

狼先生找工作

付佳卉

狼先生这几天很烦，因为它找不到一个好工作。它知道，自己是一个坏蛋，一个骗子，森林里没有人会相信它。况且，自己坑蒙拐骗的毛病，一时半会儿也改不了。这天，它看到一则广告：某某公司招业务经理，相貌不限、身高不限、月薪一万元森林币。

狼先生看了，非常兴奋地跑到了这家公司。公司门口坐着一位非常美丽的小姐，它戴着帽子和墨镜，穿着一条粉红色的连衣裙。狼先生走了过去，那位美丽的小姐给狼先生拿出一张纸，上面写着：尊敬的先生，您好，只要交森林币两万元，就能成为业务经理。狼先生看了愣住了，心想，自己已经半年没骗过一个人了，哪里来的钱。不过一想，只要当上了客户经理，骗几个冤大头，这点钱很快就能赚回来。狼先生东借西凑，终于凑够了森林币。狼先生把钱交给了那位小姐，那位美丽的小姐笑眯眯地说："你明天就可以来上班了。"

第二天，狼先生很早就来到了公司，可是，公司里面一个人也没有。门上只有一张纸，上面写着："对不起，狼先生，本公司在您进来半个小时前已经倒闭了。我拿着您的钱去国外了。再见。"狼先生足足看了五遍，气得直跳脚。心想，当年都是我去骗别人的，可是现在竟然有人敢骗我！狼先生用力把那张纸踩了几脚，心想，这两万森林币是和狮子、老虎、黑熊这些森林猛兽借的高利贷，这下可怎么还啊？狼先生愁得团团转。正在这时，外面进来了几个人，领头的是猫头鹰市长。猫头鹰市长说："狼先生，这是大家在4月1号和您开的一场玩笑，您的森林币还给您，您还是客户经理。"狼先生听了，想起自己骗了熊太太的瓜子、抢了小白兔妹妹的白菜，它们当时的心情，是不是像我刚才一样绝望……狼先生沉默了。

第二天，狼先生买了瓜子放在了熊太太的家门口，买了白菜放在小兔妹妹的家门口，还买了许多花，放在每户人家的窗台上。那天，森林里每一个角落都充满了花的香气。

“今天，天从来没有这么蓝，云从来没有这么白，我的心情从来没有这样愉快。”狼先生在日记中写道。

（指导教师：孙建月）

爱冒险的小水滴

赵文宇

我是一滴小水滴，我想去冒险，不管一路上有多少的危险。

我想奔向大海，见识海的蔚蓝，因为那里有水的party、海的交响曲；我想随白云阿姨飘向青藏高原，领略高原的辽阔，因为那里有壮观无垠的山。我愿变成一朵雪花装点珠穆朗玛。

我还想驾上孙悟空的筋斗云，翻过五湖四海，到非洲大沙漠边缘去跳伞，因为千万个像我一样的小水滴，已经满含着泪水去解救处在干旱中的心灵。

不知穿过几条河流，不知越过几条峡谷，我终于来到了大海。大海真大、真美呀，海风在吹拂，海浪在欢呼。蔚蓝的海水，像宝石一样镶嵌在天空下，大海妈妈微笑地轻抚着我强壮的身体。在大海妈妈的怀抱里，我认识了好多的好朋友，有小勇敢、小乐园、小泡沫和小鼻涕。我们玩呀，闹呀，跑呀，跳呀，飞呀，舞呀，真是快乐到家了。

突然，我们身子变轻了，变轻了。我知道，应该走了，走了。我还有重要的任务要完成。小勇敢说："你能不能不走呀？"我没有说话，小乐园说："你看看，我们这里多好呀！你为什么要走呀？"我无限依恋地说："也许过一段时间，我会回来的，大家不要悲伤，我们总会见面的。"正在说话间，我悄悄地离开了海妈妈的怀抱，升腾到白云的脚下。"你真的要走啊！"小勇敢哭泣着说。我"嗯"了一声，咬着牙飞走了。

我用手攀着白云阿姨的脚，飘呀飘呀，去了世界屋脊——青藏高原。啊！我终于见到了高耸入云的珠穆朗玛。你是我日思夜想的圣地！我随一场暴风雪，降落在你的峰顶。这里是离太阳最近的地方。

风在嘶鸣，它在发布非洲沙漠边缘的干旱灾情，召集雪的精灵和水的勇士去解救。我随着狂风劲舞，落入阿涧河，随着阿涧河水冲入印度洋的恒河。在恒河上空，我又变成一滴小水滴，攀在白云阿姨的脚上，横跨印度洋和中东，最后来到金字塔的故乡——埃及进行干旱大营救……

不知疲倦的我，飞呀飞。我愿与兄弟姐妹肩并肩，降落在干旱的每一个角落，我要滋润每一片土地。不要问我从哪里来，到哪里去。我无论到哪里，都会有无数的姐妹兄弟。我升腾，我坠落，我飞移，从来不需要过多的犹豫。

（指导教师：傅秀宏）

摇滚猫的爱

刘浩麟

有一只猫在街上流浪。

这只猫，很小就被猫妈妈抛弃。那时正值冬天，天上下着鹅毛大雪。猫被冻得快死了，恰好有一位老太太经过，收养了它。老太太住六楼，八十多岁。从那时起，它便和老太太一起生活。老太太对它很好，就像对待亲生的孩子，她每天吃什么就给猫吃什么。她们的感情真是太深了！

时间慢慢地过去，一年、两年、三年……老太太九十岁了，严重脑萎缩，什么也干不了，每天在家里躺着。这只猫并没因老太太得病，而离她远去，而是尽全力地去照顾老太太。大家只知狗恋主，可这只猫比狗还恋主。老太太去世了，猫特别伤心，决定搬出这个房子。

这只猫又开始了流浪生活。一转眼，到了冬天。冬天的寒冷，使它想起了老太太收留自己的一幕幕。它的泪水往外涌，没有人能帮它擦去心灵的创伤，越想老太太就越痛苦。它先是悲凉，然后是悲伤，最后呜咽到不停地喊叫，没命地喊叫，喊叫得瘆人，几乎要崩溃了。

街坊邻居都诅咒它，说它是一只疯猫。是的，这只猫失去了理性，它只记得老太太，其余的什么也不记得了。

它几乎走火入魔，开始搞摇滚乐。它奔走呼号，和一群疯猫，组成了一支“黑老大摇滚团”，它任首席领唱官。它把老太太对自己的爱，全部诠释在白纸上，断断续续地写成了思念版的歌词，可真是情深意切。不久，它出了第一张专辑名叫《放不下的爱》。

猫也会流泪，也会动情。摇滚猫和它的乐队，经常穿一身补丁装，向人们疯狂地推销撕心裂肺的想念。摇滚猫声嘶力竭地喊道：“爱是有情的泪，随时都会离开；回味那记忆，我几乎要癫狂。哪怕曾经的爱，回来一分钟，我也心满意足……”随着一阵又一阵热烈的掌声，摇滚猫晕过去了。摇滚猫已把全部激情放在了上面，它用这泣血的歌点燃了自己的血液，将自己烧焦都在所不惜。

后来，摇滚猫成了最红最红的大明星。

（指导教师：傅秀宏）

上来，我保护你

张静妍

一场动乱中，一只蚂蚁与一只老鼠为了躲避灾难，碰巧躲到了同一个下水管道中。

在那片茫茫的黑暗中，老鼠警觉的眼睛紧紧盯着对面小得几乎看不见的东西："你是？"老鼠特有的尖厉嗓音打破了寂静，惊得蚂蚁大叫："救命！有坏人……"蚂蚁使劲儿地挪动着颤得厉害的腿，企图要逃离这条下水道。

"是蚂蚁咪咪吗？别怕，别怕，我是老鼠威威，你别跑啊！放心，我不会伤害你的。"

蚂蚁停止尖叫，将信将疑，壮了壮胆子，打量着眼前这只自称善良的老鼠："真的吗？"

"真的。"老鼠威威向小蚂蚁快速地走近了几步，"以后，我们就是好朋友了，好吗？"

蚂蚁咪咪惊得扑通一声坐在地上，慌慌张张地连连点头："好，好……"

威威的脸上露出了微笑："好！就这么定啦！从此以后，老鼠威威和蚂蚁咪咪就是世界上最好的朋友啦！来，我们拉钩！"

"拉钩，上吊，一百年，不许变！"

蚂蚁咪咪悬着的心放了下来。

"咪咪宝宝，你等等。上面好像暂时平静了，我去给你找点儿吃的来，别怕！"老鼠威威说着，熟门熟路地在黑暗中穿梭来，穿梭去。不一会儿，它就抱着好多好多美食佳肴，回到了咪咪身边。

"威威，外面情况怎么样了？"

"灾难平息啦！快，把东西吃了，吃得饱饱的，我带你出去！"

“出去？不，不，别出去！出去了你妈妈就会不许我这种卑微的生命和你接近。那样，我会好想好想你的！”咪咪的头摇得像拨浪鼓一样。

“没关系，走，跟我走。”威威拖着咪咪，跑向那光明的洞口。威威轻轻一跃，身子一侧，跳到了地面上。“来，咪咪，我扶你上来！”

“不，不！”

“放心，谁敢欺负你，我就帮你揍扁它！”

咪咪愣了愣。

“上来，我保护你！”

“嗯！”

咪咪跃上地面，与威威一起，望着下水管道，互相看着对方——

“我永远保护你。”

“我永远陪你！”

（指导教师：陈娜娟）

月亮这条鱼

赵文宇

有一条鱼，无忧无虑地生活在大海的深处，它常常会听到其他鱼讲外面的世界多么精彩和危险，但始终没勇气游出海面。

这条鱼，时常会在深处看见一缕缕的光亮，穿透海洋照亮珊瑚。它觉得很奇怪。

一天傍晚，这条鱼鼓足勇气浮出水面，看到许多渔船和熙熙攘攘走动的人们，这条鱼躲在礁石后面自言自语道："外面的世界很精彩，很有趣。"夜色渐渐暗了下来，天空升起一轮美丽的月亮，温和地俯视着这条鱼，映照得海面波光粼粼。鱼开心极了，它开始喜欢这个与众不同的像水银一样的世界。

月亮说："鱼，你终于出来了。"

鱼问："你知道我吗？"

月亮答："是的，我每天都在关注你，哪怕你藏在深水里。"

鱼说："可我怎么不知道啊？"

月亮答："因为你在海的深处。我每天都会透过海水关注你。可惜，到达你那里时，光亮已经很弱了。"

鱼问："你高高地挂在天空，一定很寂寞吧？"

月亮答："你就是我的影子，我怎么会寂寞呢？不管大海波涛汹涌，还是平静如镜，我一直和你在一起，我时时刻刻都在你身边呀！"

月亮和鱼愉快地聊天，忘记了时间。直到天色渐亮，月亮离去。

从此，鱼每到傍晚都会浮出海面，躲在礁石边等待月亮的出现。后来，它们融为了一体，月亮变成了一条鱼，鱼儿变成了一轮皓月。

当鱼再一次游上水面时，它发现自己就在天上，变成了一轮月亮。它感到快乐极了，鱼儿的鳃上浮起了微笑。

你看，夜晚的时候，月亮这条鱼，调皮地把一个又一个的泡泡，吐成满天的星星。

有时候，月亮突然掉在地上了，它的影子落在水面上，就像鱼在银盆里蹦。

于是，有月亮的夜晚，地上的诗人李白，对着月亮这条鱼不断沉吟，把思念和柔情寄给远方。

我多想做一条月亮鱼。对，不是威猛的鲨鱼，不是沉静的鳄鱼，更不是张牙舞爪的章鱼，也不是放烟幕弹的乌贼，而是一条优雅漂亮的月亮鱼。

（指导教师：傅秀宏）

捕星瓶

谢泽健

蓝色调的天幕，渐渐地变幻，朝着灰色一点点地推移。晚霞破空而出，将周遭都渲染成绚丽的红色。透明的圆月从东方升起，东边已经是深沉的蓝色，另一边，夕阳在山头苦苦支撑。温暖的橙色、冷清的灰色，冰冷的月华、温暖的余晖遥遥相对。

似血残阳沉下，夜幕，降临。

小熊仰起头，痴痴地望着夜幕：星，很亮很亮。月儿的光芒被云雾遮挡，只剩下一抹银白色的匹练。繁星聚拢，闪耀的星光层层叠叠。此消彼长之下，星辰似要盖过皓月一头。

小熊的嘴角流露出满足，瞳孔间也有着一团迷乱的星光。小熊的嘴巴被脑海中一道意念牵引，发出轻轻的、迷迷糊糊的声音："要是，这些星星都是我的，那有多好！"

蓦地，眼前掠过一道白光，顷刻又恢复了正常。小熊揉着眼，起身，想继续赶路，又像想起了什么，不知不觉地转过身子，不可思议地打量着眼前的一切：一个精灵突兀地出现在地上。

精灵长长的青丝遮住半边脸颊，隐隐可见其精致的五官，在夜空下闪着神圣的光芒，双翼微张，缓缓扑打着。小熊踮起脚尖，才能与它一般高。悦耳的声音回荡："你想要拥有繁星？"

小熊下意识地点着头。

然后……然后，精灵又突兀地消失，正如其突兀地出现。空灵悦耳的声音不知从何处响起，总之，传入了小熊耳中："打开瓶塞……"

小熊感到紧握的胖乎乎的小手里突然多了什么东西。他松开一看，一个小小的净瓶静静地躺着。瓶中飘浮着蓝色的微粒，只是看着它，就会产生一种错觉：这一定是宝贵的神物。如若不是这净瓶，小熊几乎不敢相信刚才的一切。

小熊抑制住心中的冲动，手却不住地颤抖。他屏住呼吸，小心翼翼地打开了瓶塞，瓶中的蓝色微粒涌出，幻化成精致的旋涡。繁星像受到感召一般，争先恐后地俯冲下来，拖出一条条长长的尾巴，破风声呼呼作响。星辰与微粒混合，沉进净瓶中。瓶塞从小熊手中飘出，封住了繁星。

黯淡的夜，黯淡的月，失去了星的陪衬，月夜，孤独而黑暗。

净瓶中射出耀眼的光芒，很亮很亮，却似传乎出了繁星的哀号。

……

小熊看着净瓶，却已无心欣赏它的美丽，终于，打开瓶塞——繁星化成各色流光，遵循着某个轨迹，回到天空。

失去星的夜，蓦地变得很明亮。

星，似是更亮了。

（指导教师：陈娜娟）

会说话的小熊

刘　静

“苏珊家吗？你的快递！”一个邮递员说。苏珊接过快递，告别了邮递员，打开包装盒。

“啊，这小熊真可爱！我给你起个名字吧。对了，我叫苏珊，你就叫小珊珊吧！”苏珊开心地说。“这是你姨妈给你的礼物，听说还有特异功能……”“行了行了，出去吧！我还要做作业呢！”苏珊打断了妈妈的话，很不耐烦。

妈妈走了，苏珊忧伤地说：“为什么我就没有一个没有那么多功课、快快乐乐的童年呢？”这话不知对谁说的，可小熊却暗暗记下这句话，因为它喜欢这个女孩。这个一笑就有两个小酒窝的女孩似乎也喜欢它。

每个晚上睡觉时，苏珊都会把小熊抱在床上，跟它聊天，诉说心中的烦恼。但令小熊奇怪的是，她为什么还拿着一本厚厚的书。当妈妈推门而入，问苏珊跟谁说话时，小熊才明白她的用意。小女孩很聪明！她以读书为借口，来跟小熊聊天。

一天晚上，苏珊照常与小熊聊天。睡觉时，小熊突然对她说：“谢……谢你，这么照……顾我！你……让我感受到一种力量，爱。”并且还亲切地拥抱了苏珊。这让苏珊很吃惊。原来，这只小熊居然会说话。

苏珊与小熊的关系越来越好了。小珊珊总会在苏珊伤心的时候，跳熊式拉丁舞，常常逗得苏珊哈哈大笑。它会在苏珊受委屈的时候，带她穿过重重阴影，走进一片艳阳天。

幸福终止在一个炎热的下午。“今天天可真热！”苏珊说。“是啊！你看，狗趴在树阴下一动不动。”小熊回应道。

忽然，有人大叫道：“着火啦！着火啦！”苏珊家住五楼，爸妈又不在家，怎么办呢？只见那火红色的火苗如蛇信子一样疯狂地舔噬着家中的一切。这可怎么办？小熊说："快！躺在我的怀里，让我抱着你冲出火海！如果我被烧死了，你一定不要难过，答应我好吗？"苏珊强忍着泪使劲儿地点头。

苏珊逃出来了，在大楼倒下的一刹那，她看见全身烧着了的小熊，正在冲她微笑……

（指导教师：许德鸿）